ハーネス物語

小笠原 新
Ogasawara Shin

文芸社

目次

マハーリア伝 5
エアーズロック 27
海へ向かうあなたに 85
ハーネス物語 103
無名戦士の墓に 143

マハーリア伝

ところどころ白く岩のむき出た丘陵には、まばらに青草が生え、それを追って羊の群れが鈴の音を立てながら移動する。丘と丘の間の平野には麦畑が広がり、石ころが多く畑地として適さない斜面には、オリーブの木が植えられていた。

この地は海にも近く、東方の国、西方の国の十字路とも言うべき位置にあったため、昔から無数の民族がこの地を駆け抜けていった。この村のはずれにある突き出た岩角は、果たして眼下に何十回、何百回の軍隊の行進と襲撃を見たことであろう？

家のある丘陵には、要所要所に石と煉瓦で垣根が築かれ、砦のように家々を守っていた。この石垣は点々と隣の丘陵の村へと続いてゆく。だが、結局はこれも無力で、戦乱のたびに、波に洗われる砂の城のように崩されてゆくのだった。奇妙なことだが、家々はみな丘の上にあり、平地にはなかった。一つの丘が一つの村であり、砦だった。異民族が襲ってくる。村人はできるだけ早く、丘にある石で囲った家に逃げのぼった。

――丘に住む。

――戦いには関わらない。

これが、この土地の村人の生き残るための知恵だった。

食糧を命じられれば食糧を調達し、女性を求められれば女性を差し出した。こうして戦いが終わると、勝った方に付いていた。ただそのたびに土地の名が変わり、この村の名も変わった。その結果、この村には、眼の色、毛の色、肌の色を異にする人々が数多くいた。

今は戦乱も落ち着き、村人は平安をむさぼっていた。平和な時には決まってジプシーの群れがやって来る。彼らは物乞いをするのではない。村の広場で、あるいは酒場で、情熱的な歌と踊りを披露した。

村人は彼らに喜んで「宿」を提供し、食事を出した。「宿」といっても、人々の家は天然の岩穴で、それに石と煉瓦を足して形を作り、入り口に板戸を付けたものだった。それは何層にもなっていて、下に家畜を納《い》れた。岩をうがった石段を上ると、「上の部屋《カタルーナ》」（ギリシャ語で「宿」を意味する）と呼ばれる平らな土間があり、そこに藁を敷いて人が寝た。

家畜を見下ろすように人が住み、窓と明かり取りの穴からは風が流れ込んできて、家畜の匂いを消した。この岩屋を利用した住居は、夏は涼しく、冬は家畜の体温で温かかった。

人と家畜が同じ次元で生活していた。

ジプシーたちは、そうした家に泊まり、何日かを過ごすと、また別の村を訪れた。

彼らが来ると、村はちょっとしたお祭り気分にひたるのだった。

彼女はジプシーというわけではなかった。この村に生まれ、この村で育ったから。彼女の家は、四、五代前からこの村に住みつき、おじいさんはオリーブの油をしぼり、父は大工の手伝いをして生計を立てた。代々呑んだくれで、途方もないお人好しだった。子供は何人もいたが、父親、母親が誰だか分からず、女はいっときはいるのだが、子供を産み落とすとジプシーの群れと共にどこかへ行ってしまい、それぞれどうなったか分からない。ジプシーの群れに交じり、誰かとくっつき、消えた……としか言いようがない。

眼の色、毛の色、肌の色の違う兄弟姉妹の中で育った彼女は、みんなからマハーリアと呼ばれていた。

この貧しい村の若者たちの唯一の楽しみは、畑の仕事、羊飼いの仕事、オリーブしぼり……から解放された後、村のただ一軒しかない酒場に行って酒を回し飲みすることだった。

彼女はそういう時、常に多めに酒をついでやった。といっても、この宿屋を兼ねた居酒屋に雇われているわけではない。子供の時から、ここで水を汲んだり料理を運んだりすると、客と主人が何がしかの駄賃をくれた。これで結構その日その日を送れた。

寝る所は適当にどこにでもあった。宿屋の台所の腰掛け、ここは冬でも温かく食べ物もあった。搾油所《ゲッセマニ》の樽置き場、ここは夏でも涼しかった。それに納屋、ここにはかぐわしい藁や干し草がふんだんにあって、彼女はここで寝るのが好きだった。

彼女の豊かな胸、ひきしまった腰は、あらゆる若者の視線を集めずにはおかなかった。ツンとしたやや上向きの鼻、赤くぼってりとした唇、笑うと真珠のような歯がこぼれた。大きな眼にはくまどりをしたように睫毛が生えそろい、黒い瞳と髪、なめし皮のような肌は、明らかにジプシーの血を強く受けていた。

村には時を決めずジプシーが来て、情熱的なダンスを踊る。彼女もこれを見て育った。体が自然に動き出し、気がつくとジプシーとともに踊っていた。

彼女のスラリとした足は、はだしのまま軽やかなステップで床を踏んだ。若者たちの手拍子が速くなり、喚声が高まり、熱っぽい渦巻きが彼女の腰から流れ出てくる。ジプシーの音楽とかけ声がそれをさらに高める。彼女の腹はうねりにうねり、スカートがひるがえるたびに褐色の太ももが惜し気もなくこぼれ出た。

彼女はこの村の象徴であり、若者たちのあこがれの的だった。

山に住み、海に住む若者たちが、精一杯の贈り物を持ってやって来る。彼女は彼らをこよなく愛した。ある者はエフェソスの香料を贈り、またある者はトラキアの髪油を、クレタの指輪を、首飾りを贈った。こうして彼女の全身はきらびやかに飾られていった。

両手に余る乳房がリズミカルに揺れ、豊かな腰が左右にすごい速さで回転する。彼女の高く挙げられた両腕は、手のひらを激しく打ち合わせながら徐々におろされてゆき、首のスカーフをはずして高々と振るのであった。

この真紅の絹のスカーフは、一人の若者の心からなる贈り物だった。彼女の高々と挙げられたスカーフは、今宵、最も素晴らしい男性を選び取るためのものだった。汗でしっとりと濡れた黒髪が、波打ち、躍り、はね上がり、彼女の黒い瞳が妖しく光った。

一人の声の良い若者が歌うように叫んだ。

「マハーリア、マハーリア、我らのマハーリア、マハーリアは我らの恋人、マハーリアこそこの世の女神、マハーリアのためなら命をかけるー」

若者たちは手拍子を打ちながらこれに和した。これは若者たちの共通の思いだった。彼女は踊りながら若者たちの中に入ってゆき、スカーフの輪を一人の若者の首にかけた。

どよめきが起こる。彼女は腰をくねらせ、ステップを踏みながら若者を一座の真ん中に引き出して、告げた。

「あなたが好きよ。今日はあなたよ」

若者たちは一斉に奇声、喚声をあげ、はやしたてる。若者は頰を紅潮させ、誇らしげに手を挙げた。選ばれた若者は喜びを全身に表し、彼女に誘《いざな》われて干し草の敷かれた納屋へ行くのだった。

若者たちはひとしきり騒いだ後、三三五五、それぞれの村に散っていった。

彼女は若者をいたく愛した。若者は歓喜で全身をふるわせつつそれに応えた。夜空には星がちりばめられ、こうしてこの夜も更けてゆくのだった。

最近、東方の夜空にひときわ輝く赤い彗星が出現した。その長大な尾は次第に色と形を変えながら発達し、誰かを誘うように西方の空を目指した。深夜には、銀河を横切りつつ三筋の尾を曳いた。

日々、大きくなるこの彗星は、村人に言いようのない恐怖の念を抱かせた。夜空を見上げるたびに、村人は顔を見合わせ、何か良からぬことが起こるのでは、とささやき合った。

村の古老に聞きに行ったところ、彼は頰をひきつらせて告げたのである。

「間違いなく凶兆だ。古来、彗星は凶兆のしるしだが、この星は格別に悪い。近い将来、この村は消え去るかも知れぬ。恐ろしいことだ。まがまがしいことだ……」と。

今日は彼女は体が重かった。昼頃からむしょうに眠かったので、宿屋の台所のすみの腰掛けに寝ていた。客はいなかった。

彼女は突然、腰掛けの上ではね上がった。下腹のあたりが痛むのだ。彼女は腰をぬかすほど驚いた。彼女の腹の中で何か大きなかたまりが、動き、あばれているのだ。しかもそれは、周期的な痛みとともに体の奥底から突き上げてくる。その痛みは全身にひびいた。

腕を茨《いばら》で傷つけた、ゲッセマニでオリーブの実を盗もうとして叩かれた、羊にすねを蹴られた――このような痛みではなかった。

納屋で愛し合っている時、互いに唇をむさぼり合い、若者から強く唇を噛まれた――そのような痛みでもなかった。

こうした痛みはこれまでただの一度も味わったことがなかった。何か彼女の知らないことが起ころうとしていた。

(この痛みは何？　どうしたの？　どうしてこんな痛みを味わわなくてはいけないの？　私が何をしたの？)

そういった思いを一瞬のうちにかき消し、叩きつぶすような痛みだった。どこにも逃れようのない、根源的な痛みだった。それは彼女の中心からやって来た。あまりの苦痛で声も出ず、彼女は腰掛けからころがり落ちた。

身に着けているものすべてをかなぐり捨てて大声で叫びたかった。ここは人目があった。人が来る恐れがあった。唸りながら納屋まで這ってゆき、馬と羊を仕切る柵の間に倒れこんだのだ。全身汗にまみれ、干し草に頭を突っこんでもがく。顔にも手足にも干し草がくっついた。

彼女は悶えた。のたうった。痛みは一瞬とぎれては、また前よりも強くなって襲ってくる。あまりの呻き声に、羊はおろか驢馬さえも恐れおののいた。

(ううーっ、どうして自分一人こんな苦しみを味わわなくてはいけないの?)

彼女は男を呪い、人を呪い、神を呪い、すべてを呪った。恐ろしい苦しみだった。いくら抑えようとしてもだめだった。食いしばった歯の間から呻き声が漏れ、やがてそれは叫び声になった。

もういかなる我慢もできず、恥ずかしさもなかった。

彼女は叫んだ。動物の叫びだった。彼女の上着もスカートも裂け、破れていった。家畜小屋から聞こえてくるこのものすごい叫び声を、羊飼いの少年が聞きつけた。少年には何が何だか分からなかったので、羊をほうり出して村人に知らせにいった。数人の男が駆けつけて来た。が、呆然とするばかり……。だが、この後に来たゲッセマニの老婆が、「出産だ」と言った。

そこから仕事が始まった。老婆が指図をし、桶にいっぱいの湯と粗末な布が用意された。しかし、恐ろしい難産だった。子供の足がわずかに出ていて、老婆がそれを強く引っ張ったが、それからは降りてこないのだ。その間、娘は体をよじり、のたうち、恐ろしい叫び声をあげ続けた。介添えの人たちもあまりのすさまじさにたじろぎ、さすがの老婆も足を震わせ、すくんでしまった。

夕暮れが迫ってきた。星が丘の上にきらめき始めた。さらに大きさを増した赤い彗星が、東の地平線の上にその不気味な姿を現した。

この時、何百頭もの馬やラクダを連ねた隊商《キャラバン》が東方からやって来て、今、この村にさしかかった。村人は泣きつき、彼らに助けを求めた。

キャラバンには頭立った者が三人いた。いずれも老人だったが落ち着いていた。女の出産を知っていたのである。

灯がともされた。

光が、納屋の一隅の苦しみもだえるジプシー娘をぼうと浮かび上がらせた。

白いあご髭をたくわえた隊商の長は、腰の袋から何やら取り出すと、彼女の鼻先に持ってゆき、かがせた。とたんに彼女は静まった。

今や彼女の体からは胎児の半ばと手の先が出かかっていた。しかし、この手が邪魔をしていた。胎児の両手、特に右手が折れ曲がり、胸を圧迫していた。それは引けば引くほど胎児の胸にくいこむのだ。

老人はオリーブ油を持ってこさせ、それを胎児と彼女に塗りこんだ。老人は彼女の腹を大きく撫でさすり、胎児の手を伸ばしていった。胎児の脇腹に両手を掛け、ゆっくりと引いた。子供は少しずつ産み出されていった。

まだ明るい頃、彼女はこの納屋に這いこんだ。今はもう日は暮れ、夜空に瞬く星も刻々とその数を増していた。あの赤く輝く彗星が、暗黒の夜空に不気味なまでに長い尾を曳き始めた。

遠くの耕作地に出た村人も皆戻ってきて、この騒ぎを知った。

今や完全に胎児は産み出された。男の子だった。だが、この子は死んで産まれた。臍の緒を切った後も産声をあげず、ピクとも動かぬ胎児の様子は、人々をいたく落胆させた。

マハーリアは気を失った。

しかし、この老人たちはこういった場合をも知っていたのである。胎児の両足を持って逆さに吊るし、手のひらで軽く背中を何度も叩いた。

その瞬間、あの世界共通の産声が納屋をつんざいた。その声は外にまで聞こえ、村人の間から思わず歓声が上がった。この時、この丘は大きな喜びに包まれた。

この子はよみがえったのである。

三人の長老は緊張の糸が切れたように、そのまま土間に腰を落とした。肩で息をつきつつ、額に浮かんだ汗の粒を手のひらで何度も拭った。

それにしても恐ろしい難産だった。この長老たちがいなければ、この娘と赤子は死んだであろう。

大仕事を終えた後は、今度は女の仕事だった。気を取り直した老婆が、彼女の汗を拭き、体を清め、身繕いをする。赤子は桶の湯で洗われた後、丁寧に拭き清められ、藁の敷かれた飼葉桶に寝かされた。

鷲鼻の目の鋭い長老が香油を出し、この幼児の肌に塗りこめさせた。丹念に塗られてゆくにつれ、幼児の全身からは得も言われぬ香りが立ちのぼった。不思議な香気がこの納屋全体に満ち、家畜の匂いにとって代わった。

額を冷水でぬぐわれ、水で割った葡萄酒を飲まされたマハーリアは、今やまったく正気に返り、産み落としたばかりの我が子をひしと抱きしめたのである。

「おお、私の子、私の子、美しい子。なんて美しいんでしょう！」

呟きながら、幼子の顔に百万遍ものキスをするのだった。我が子を抱いた彼女の顔には、生命を産み出した者だけが持つあの神に近い表情がたたえられていた。

香油を塗りこめられた赤子は、乏しい光の中で、芳香を放ちつつ輝いていた。不思議なことに、赤子には小じわ一つなかった。このような赤子を見るのは初めてだった。大きな清らかさのかたまり――を見るようだった。

この赤子を見るとなぜか心が打たれた。

老婆がぼろ布で赤子をくるもうとした時、真っ白なあごひげの長老は手で制し、従者に言った。

「汚れた布はよくない。幅広の亜麻布がキャラバンにあるから、お前、それを持って来なさい。それでくるんであげよう」

亜麻布が取り寄せられ、マハーリアは無限の感謝を眼で表しつつ赤子を老人に手渡した。

亜麻布を巻こうとした老人の手はピタリと止まった。老人もこの幼子の不思議さに心を打たれたのである。老人は手にかき抱いた裸の幼児を食い入るように見つめた。

隊商の中で最も知恵あるこの白いあご髯の長老は、占いにも長《た》けていた。

幼児は生まれ落ちた時、両手を固く握っていた。これは赤子の習性で珍しいことではない。が、今、手のひらを少しずつ開いた時、長老は思わず、「おおっ！」と、稲妻に打たれたように叫んだのだ。

幼児の両手には強く血の刻印があり、それが手の甲にまで及んでいたのである。血の刻印は両足の甲にもハッキリと現れていた。先ほどまでは何人《なんぴと》も気づかなかったというのに……。

「もっと明るく」長老はせき込むように言った。

村人の一人が羊の油で作った蝋燭を差し出した。その灯が薄闇の中から彼の手元を浮かび上がらせる。

長老の両眼は飛び出すほどに開かれ、幼児を抱え直した彼の腕から亜麻布がずり落ちた。幼児の左胸と右脇腹には赤黒い大きな痣が浮き出ており、右脇腹のそれは横に長く、鋭い傷口を思わせた。

「おお、おおっ」老人は悲鳴にも似た声をあげた。

これは先ほどの声よりも大きかったので、納屋の中の人々、とりわけマハーリアと二人の長老の注意を引きつけた。

「どうしたんじゃな?」頭のはげた長老が身を乗り出して聞いた。

「恐ろしいことじゃ。信じられんことじゃ。この血の刻印が見えるじゃろう」

白い髯を震わせつつそう言うと、たまらずひょうたんの水差しを引きつけ、ひと口ごくりと音を立てて水を飲んだ。唇から滴った水が彼のあご髯を濡らした。

「これは大変なことを意味するのじゃよ」

彼は身震いした。何度見てもこの血の刻印の意味するところは変わらなかった。

(この子は恐ろしい苦難を経た後に、殺される)と出ていた。

(それもただの殺され方ではなく、最も残酷な殺され方で)

これは東方の国の言葉で言ったので、長老たちにしか分からなかった。

「この子は将来、大罪人になる、というのかね?」

鷲鼻の長老が眼を光らせて尋ねた。

「いや、違うのだ。大きな苦難を経た後に……」白い顎髭をふるわせつつ彼は言葉を途切らせた。「不幸な最期を遂げるだろう」

とても自分の言葉に確信が持てないといった口調で続けた。

「そして、人類の父となるであろう、と現れているのじゃ」

「なにっ、人類の父じゃと！　ふーむ」

二人の長老は血で刻印された幼児を見つめながら唸った。彼がどれほど知恵深く、彼の占いがどれほどすぐれているか、二人の長老はよく知っていた。

国を出る時に、キャラバンを発した王の最愛の妃は彼に占わせた。

「あなた様は三人の王子、王女に恵まれるでしょう。そしてあなた様の美は、後世までも讃えられるでありましょう」

王妃は彼の占いにいたく満足したのである。

「それにしても……」彼は首を何度も小さく振りながら、呟いた。

今まで見たものは、すべてそれなりに相応の未来を示していた。王は王の相をしていたし、農夫は農夫の相をしていた。今、この馬小屋の赤子は、王侯貴族の相をも超えていた。このようなことは、老人の長い人生で今が初めてだった。

「うーむ、王侯貴族を超えるとな？」

唸るように呟きながら、彼らは眼をあげた。ここは何の変哲もない馬小屋だった。

（どうして？）と思った。

（この飼葉桶の中の子が！）

眼の前には、出産を終えたばかりの貧しいジプシー娘が、前髪を額にへばりつかせて藁の山にもたれていた。

「この子は不幸な最期を遂げるだろう」

熱に浮かされたように、もう一度長老は呟いた。

マハーリアが顔をあげてまっすぐ長老を見つめた。長老は思わず居ずまいを正し、幼子を抱き直した。彼女は神々しいまでの美しさだった。

「この子はよみがえりの子なり。二度死に、二度よみがえる」

知恵ある長老はこう予言した。

これはこの土地の言葉で言われたが、呟くように言ったので誰にも聞こえなかった。

「この子は人類の父となるであろう」

これは聞こえた。しかし、村人にはさっぱり意味が分からず、一斉に長老の顔を見た。

「この子は万人に慕われつつ生涯を終えるだろう。そして死後も」

長老は厳粛な面持ちで重々しく告げた。

「神に近い人となろう」

先ほどから心配げに長老を見守っていた村人は、この時、一様に安堵した。とにかく、この威厳ある長老たちは、母子の命を助け、その上、占いまでしてくれたのだ。

それは、わけが分からないながらも、たぶん良い意味の占いと思われた。

そこにいる村人は喜びの声をあげた。それは納屋の外にいる若者たちにも伝わり、彼らもつられて歓声を上げた。

長老は厳《おごそ》かに幼児を亜麻布で包み、彼女に手渡した。

マハーリアの眼が喜びでうるんだ。

長老はうやうやしく彼女の名を聞いた。

「マハーリア」と告げられた時、長老は何度も噛みしめるように、「マハーリア、マハーリア」と繰り返し呟いたのである。

三人の長老は小声で、東方の言葉で、何か贈り物をしようと相談した。頭のはげた長老はこの娘の様子を見かねてか、黄金の入っている袋を差し出した。村人の口から嘆声が漏れた。鷲鼻の、眼の鋭い長老は乳香のかたまりを贈った。占いに長けた白いあご髯の長老は、没薬《もつやく》を贈ることにした。

それぞれの袋はうやうやしく彼女の前に置かれた。

幼子は、今や亜麻布にくるまれ、母の懐にいだかれて眠っていた。何も知らず、何も思わず、疑わず、いかなる汚れもないあどけない表情で。

村人の感謝と尊敬、マハーリアの神秘の眼差しに送られながら、長老たちはこの母子を伏し拝むようにして一人ずつ静かにこの馬小屋を後にしたのである。

馬小屋を出たとたん、この占いをした長老は、夜気に打たれたかのように、大きく体を震わせた。

何か自分が、いかなる占い師も占ったことのないほどの、途方もなく大きな運命を予言したような思いだった。

「人類の父、人類の父」と言いながら真っ白なあご髯をしごいては、「マハーリア、マハーリア」と熱に浮かされたように呟きつつ足を運んだのである。

村人も一人去り、二人去り、それぞれ家路を辿っていった。

冷気は夜に入ると一段と厳しさを増してゆき、天空の星々は、手を触れると切れんばかりにチカチカと瞬いた。

今や、この母と子は上の部屋《カタルーナ》に移された。マハーリアはかぐわしい藁床に身を横たえ、かたわらには、藁を敷きつめた飼葉桶の中で幼子が眠っていた。

納屋におさめられた羊たちは、この岩穴の中でひたひたと身を寄せ合い、そこから立ちのぼるぬくみは、迫り来る冷気からこの母と子を守った。

農夫の家々では母親が晩餐の支度を調《ととの》えていた。

岩をうがったかまどには火が焚かれ、仕事から帰った父と子を温かく迎えた。彼らは冷えた手足を火にかざし、よく揉みほぐした。

温かさと香ばしいかおりが、飾り気のない部屋の隅々にまで満ちわたる。パンとわずかに肉の切れはしが浮かんだ野菜のスープという、いつもの貧しい食事ではあったけれども、かまどではじける火にほのぼのと浮かぶ家族の顔は、この上なく安らかだった。

キャラバンは丘の下に野営のテントを張り終え、主人の帰るのを待ち受けていた。冷たく澄みきった夜気の中で、焚き火が至る所に焚かれ、丘の上から見ると、さながら暗い海面に明滅する漁り火のようだった。

三人の長老は、テントに入ると、まず絨緞のクッションに体を投げ出し、東洋の強い酒を引きつけて、たて続けに何杯ものどに流しこんだ。彼らは太い息を吐き、互いに顔を見合わせた。口には出さなかったものの、いずれも大きな安堵感を覚えていた。

今夜は今までのキャラバン生活の中で、最も平安な夜のように思った。偉大な仕事を果たし終えたように感じた。

この夜、透明な霊気がこの村全体を包んだ。

馬小屋をいだく丘の上の夜空には、宝石箱をぶちまけたように星々が光り、星座の区切れ目も分からないほどだった。

百千の宝石をちりばめた夜空は、天蓋のように徐々にこの丘におおいかぶさり、その天蓋の中心には、あの赤く輝く巨大な彗星が、星々をほうきで掃いたようにかき消しつつ、長大な尾を曳いていた。

エアーズロック

一　オーストラリアの友人

オーストラリアに着いて、最初の一週間は瞬く間に過ぎた。シドニーからやや離れた大学で、夏季（オーストラリアでは冬に当たる）二か月の研修生活である。語学研修をしながら、オーストラリア全般について学ぶもので、アジア諸国の大学生と共に学んだ。

一週間のハードな授業に疲れ、汗を流そうと大学のスポーツセンターに行った。ボクシングのジムがあればいいが、と思いながら。

私は格闘技が好きで、趣味で中学の頃からボクシングジムに通っている。高校、大学と通い続け、大学入学後、母校の高校にボクシング愛好会ができたので、後輩にコーチに行く。

時々、ジムでプロの練習生と打ち合うことがある。いろいろなジムから来た選手と練習試合をするのだが、なかにはプロでかなりランキング上位の選手がいることがあった。

その後、必ず言われる。

「プロにならないか」

その都度、断る。

「私は趣味でやっているので」

スポーツセンターのフロントで聞くと、ボクシングジムはないという。センター内をあちこち歩き、最後にウエイト・トレーニングルームに入った。

一人、黙々とバーベルを挙げている若い男がいる。私よりも二回りは大きい。ガッシリとした体格、浅黒い肌の彼は、百キロを超すバーベルを軽々と挙げている。

ボクシングの筋力は、あまり重量物を挙げるのに適さない。私はそばで六十キロのバーベルを、できるだけ速く挙げた。

目が合い、互いにほほえむ。ベンチプレス、スクワット、シットアップと順調にこなし、汗をかいたのでベンチで休んだ。

タオルで流れる汗を拭いていると、彼が隣に来て座り、話しかけてきた。水筒の水を私に勧める。一気に飲んだ。

「どこから来たのか」で始まり、互いに自己紹介し合った。彼はジェームズといい、大学の職員で、大学寮《ドーミトリー》の管理人だった。センターに通ううちに、何回か一緒になり、すっかり友達になった。

私の最初のオーストラリアの友人は彼となった。彼はアボリジニで、ドーミトリーの地階に彼の部屋はあった。汗を流した後、彼の部屋に招かれ、くつろいだ。気が向くと彼はディジィリドゥーを吹く。ディジィリドゥーとは、一本の丸太棒のような木の楽器で、中が空洞になっている。砂漠の樫《デザートオーク》と呼ばれる堅い木でできていて、白蟻が中を食い荒らして空洞にしたのだという。これほどシンプルな楽器はちょっとないだろう。野太い、「大地の響き」のような音で、聴く者を驚かせる。

彼は味のある低音の声で言う。

「これを吹くと、先祖の魂がよみがえってくるのだ」

部屋の壁にボクシングのグローブが吊ってある。

「ボクシングをやるんですか？」

「ほんの少しだけ」と答えながら、「そうか、タケルはボクシングをやるんだったな」とうなずきつつ、いたずらっぽい目つきになり、「今度、俺とやろう」という。

冗談だと思い、笑いながら、「いいですよ」と返した。

次回、センターで会った後、何と彼は地階の倉庫のような所に私を案内した。ガランとしたフロアのすみにサンドバッグがぶらさがっている。

（しまった）と思った。

彼は使い古したグローブを投げて寄越す。

いきなりスパーリングが始まった。

エライことになった。体力差がありすぎる。パンチが強いので、グローブでブロックしても体が飛ばされるのだ。身長百八十センチ、体重八十五キロの私が、だ！　クリンチで逃れるが、振りまわされる。肩を押して相手のバランスを崩し、サイドに抜けて、顔面、ボディと攻撃した、だが何のダメージもない。彼の攻撃は、すさまじい強打の連続だった。「受ける」よりも「よける」ことにする。

こうして何分、薄暗い地下で打ち合っただろう。疲れたけれども、気持ちのいい打ち合いだった。彼は何の小細工もしなかった。

彼の部屋でシャワーを浴び、食事をとり、飲む。

「タケルはやさしい顔で、鋭いパンチを打つ」彼は顔を振って感心したように言う。

「俺は格闘技を身につけたい」と言いながら、急に真剣な顔付きになって言い足した。

「タケル、さっきのようなボクシングを俺たちに教えてくれ」

俺たち？　彼は何かと闘っている！　そう直感した。

彼の顔を見つめつつ聞いた。

「ドーミトリーで何かトラブルがあるのか？」

「ああ、時々ある。その都度、適当にさばくがね」彼は淡々と答える。

この日は遅くまで話し込み、週に三回、ボクシングを教えることを約束（?）させられた。勧められるまま彼の部屋に泊まらせてもらった。その後、ソファーに眠る私の耳に女性の秘めやかな笑い声が聞こえてきたように思った。


二日後、私は思わず倒れそうになった。

講義が終わったので、約束どおりドーミトリーの地下室に行った。そこには何と、三十人を超すアボリジニの若者が待ちかまえているではないか！

ジェームズは黙って笑っている。

二時間、彼らにボクシングの基礎を教えた。

防御姿勢《オンガードポジション》に始まり、ストレート、フック、アッパーを教えた。恐ろしいほどの真剣さだ。二、三、手直しをしただけで、彼らはスムーズに覚えてゆく。基礎はジェームズが教えたに違いない。終わりに、ミーティングを持ってもらった。

「私のボクシングは、試合《コンペティション》で勝つことを目的としない」私は含めるように言った。

「打つ」のではなく「よける」こと、「人を攻める」のではなく、「自分を守る」ことが大事だ、と。

彼らの表情に落胆の色が浮かんだ。が、ジェームズは満足げにうなずいている。

その日も彼の部屋に泊まった。練習の話になったので、私は告げた。

「ボクシングの道具が必要だ。それにマウスピースも」

二日後、彼はどこからか中古のボクシング用品を山ほど持ってきたのである。

この日、若者たちは嬉々として練習に励んだ。私が相手のパンチをよけ、かわした後、直ちにカウンターを打つことを教えたからだ。

ミーティングでは、「バランスの重要性」を説いた。

「どういうパンチを打つかは、相手との距離と体勢で決まる」

練習を終えると、彼の部屋で、彼は私のために（？）ディジィリドゥーを吹いてくれる。その大地の響きのような音を聴きながら、いつの間にか私はソファーで寝入っていた。彼はキャンパスを案内したり、食事に誘ってくれるだけでなく、私の宿題の手助けをしてくれた。彼は法律を勉強していた。

ウエイト・トレーニングはやめた。

三週目に、「アボリジニの権利」について、レクチャーがあった。

またまた私は驚かされた。初め、白人女性が現れ、「アボリジニのアートの保護」

について講演した。

今、アボリジニのアートは高く評価されている。そのため、そのコピーが出回っており、それを調査し、裁判にかけて、アボリジニの権利を守っているのだ、と。

彼女は最後にもう一人のスピーカーを紹介した。

「今、アボリジニの権利を守るために闘っている人を紹介します」

彼だった！　ジェームズだった！

「オーストラリアはアボリジニの土地だった」で始まり、「最近、ウルル（エアーズロック）やカタジュタ（マウントオルガ）がアボリジニに返還されたのは、当然のことだがうれしいことだった」と、語った。

ジェームズの顔は、がっしりとした鼻梁を持ち、眉毛が濃い。声は深い低音で穏やかにしゃべる。カーキ色のシャツから彼の太い首と腕がはみ出ていた。この大学のキャンパスも、彼の先祖代々の土地だという。彼のディープボイスが部屋のすみずみに行きわたる。

もの静かで、たくまざる説得力があった。

彼の話が終わると、学生たちが次々と質問の矢を彼に浴びせる。質問が一段落したところで私は尋ねた。

「迫害を受けることはありますか?」

彼の目がギラリと光った。

「運動と迫害はセットになっている」

これが彼の答えだった。

(もう驚くのはやめよう。オーストラリアでは!)


彼は、シドニーに時々出かける。若い女性が一緒の時もある。アボリジニのフィアンセだという。

(あの後ろ姿は?)

彼がいない時でも、私はアボリジニの若者にボクシングを教えに行った。熱心なので上達が早い。なかにはまだ幼い少年がいた。練習に飽きると私の腰にしがみついてくる。名前をミリミリといった。彼はひょうきんで、今、教えたばかりのやり方で私を打つ真似をする。私は捕まえて羽交い締めにし、あるいは振り回す。その都度、少年はかん高い笑い声をあげた。

地元はもとより、シドニーから通って来る若者もいるらしい。仕事のある者、ない者、ストリートピープルとさまざまだ。ジェームズが彼らの面倒を見ているのだ。

「どうして」と聞くと、彼は噛みしめるように言った。

「力を身につけると、プライドが生まれてくる」

ある時、ジェームズは言った。

「オーストラリアに来たのだから、エアーズロックに行くことを勧める」

「それが私の夢だ。キャンパス生活最後の週末に行くつもりだ」

彼は身を乗り出してアドバイスしてくれた。

「エアーズロックは神聖な場所だ。我らの魂の場だ。事務のアリーサが詳しいので、行って聞くといい」

「ひょっとして、君のフィアンセは事務のアリーサではないか」

彼は照れくさそうに笑ったのである。

事務室に若くて魅力的なハーフの女性がいた。ブラウンの肌で、睫毛が長い。タイトスーツに身を包み、豊かなジェスチャーで歯切れよくものを言う。親切なので、よく学生が相談に行く。

「一泊二日でエアーズロックに行くのなら、行かないほうがいい」

きっぱりとアリーサは言った。

「それに、今から申し込んでもフライトチケットが手に入らないでしょう」

オーストラリアのどまん中に、「地球のへそ」と言われる場所がある。高さ三五〇メートル、周囲約九キロの一枚岩の岩山で、アボリジニの聖地である。ここに登ると、三六〇度の地平線が見られるという。

そこに行くのを、この旅の目的の一つとした。

やはりそうだった。

大学のユニオンにある旅行社で、私が行きたい所を話すと、スタッフは嵐のようにキーボードに打ちこんだ。

「一泊二日は完全にありません。二泊三日でいかがでしょうか?」

だが、往きはあるが、帰りがない。あまりにも私ががっかりしているので、見かねたのであろう、「三泊四日でアクセスしてみてはいかがですか?」と、彼は言った。

今度は往復ともあった。

だが、月火の授業を欠席することになる。プレゼンテーションの練習の日だ。一瞬、躊躇したが、それに決めた。

彼は力強く言った。

「あなたの行きたい所は分かりました。三泊四日を費やすのですから、ベストの日程を組んであげます」

事務室に行ってアリーサに報告する。

「チケットが取れておめでとう。夢が実現するって素晴らしいことだわ」

笑顔で続けた。

「プレゼンテーションのリハーサルの日だから、あなたは帰ってきてすぐ、ぶっつけ本番になるだけよ」

アリーサは言下に言ってのけた。「ノーワーリー」（心配するな）と。「ユーシュッドゴー」（あなたは行くべきだ）とも。

笑いながら励ましてくれたのである。

タウンホール駅に着き、空港に向かった。

シドニーからエアーズロックに飛んだ。

機内の空気が乾き、どんどん乾燥した世界に入ってゆくのが分かる。オーストラリアの中心は、「レッドセンター」と呼ばれ、どこまでも赤い砂が続く。世界で最も乾燥した地帯なのだ。

日程表をもう一度読み返し、ゆっくりと目を閉じた。

思えば出発まで慌ただしかった。

ハプニングまでもゆかない小さな出来事がふっと脳裏に浮かんだ。

先ほど、タウンホール駅を降りた時、出口にたむろしていた一群のアボリジニにぶつかった。立つもあり、座り、寝ている者もいた。一人の大女が巨体を揺らして近寄ってきた。幼児を抱いている。小銭をくれ、という。

たいした額ではないが、持っていたコインをみな彼女の手のひらにのせた。パッと彼女の顔が赤らみ、笑った。彼女のくしゃくしゃになった笑顔と、使い古した《ウォーンアウトの》歯を思い出した。

飛行機の窓からはどこまでも続く赤い砂漠が目に入る。二時間半後、エアーズロックが窓の外に忽然と現れた。

コネラン空港に着く。時差は五十分だった。機から降りると、熱風が襲う。（いつでも水を持っているように）アリーサのアドバイスである。

セイルスインザデザートホテルに入る。砂漠のオアシスのようなホテルだった。

テレビのスイッチを入れた。

いきなり、「ドゥードゥードゥードゥードゥー、ミュンミュンミュンミュン」という音が大音量で室内に流れた。

ディジィリドゥーの音だ。オーストラリアで最初の友人、ジェームズが、彼の部屋で私が行くたびに吹いてくれたのを思い出した。この音は不思議に心が落ち着く。

この音を聴きながらベッドに寝そべり、ひと眠りした。

二　カタジュタ（マウントオルガ）

午後、カタジュタのサンセットツアーに行った。

切れては続き、続いては切れる岩の連なりの後に、巨大な象の頭のような、浮上した潜水艦のような岩塊の前に出た。ここが「風の谷ウォーク」の出発点である。

ドイツ人と知り合い、話しながら風の谷を行った。彼の名は、カート・シュライナーといった。カートは口笛を吹くのが好きで、上手だった。縦に連続して大きな穴が山腹にあいている。ウォーターホールといって、雨水の流れによるくぼみだという。穴が横に連なっているのもあった。ガイドに聞く。

「あれも雨によってできたのか」

「いや、違う」

冬季、水分を含んだ岩が夜、凍りついて膨張し、爆発に近い形ではじけるのだと。

カタジュタは、数え方で違うが、二十数個から成る岩塊の連なりで、これまたアボリジニの聖地だった。

ガイドが二人、先頭と後尾に付き、私たちをはさむようにして案内する。屈強な男女で、ガイド兼レンジャーである。時々、列から離れた人が道に迷い、疲労と渇きによって事故を起こすのだという。

両側に迫る岩壁の間を歩いて行くうちに、いきなり目の前が開け、幅のある谷間に出た。爽やかな風が流れ込み、吹き抜けてゆく。

まさに「風の谷」だった。

岩壁の切れ目から、はるか遠くにまた別の岩山を望み見た。

風の谷にカートの口笛がこだまする。

ここでしばらく休んだ。

ガイド二人が、「もう帰ろう」と言う。

私が、離れた所で休んでいる日本人グループに大声で呼びかけた。

「アーユー・ア・ボス？」（あんたがボスか？）と女性ガイドが聞く。

私が首を振ると、ほほえむ。

彼女はすばらしい体格で、アボリジニとの混血だった。

ポケットから何かの模造品を取り出して私に見せる。それはかぶと虫の幼虫のような、どでかいうじ虫で、「ウイチェッティグラブ」といって、アボリジニの蛋白源だった。彼女は真顔で言う。

「焼いて食べるとすごくうまい」

帰りは、皆、道を知った訳なので、ガイドは最後尾に付き、自分たちの前を行かせる。二人のガイドと、私、カートは話しながら戻った。

ガイドがブッシュに手を入れ、木の実を取る。

「アボリジニが食べる砂漠の葡萄《ブッシュレーズン》だ。時期が遅くて食べられないが」

そのとおり、しなびていた。私は一つ取って口に入れた。

「クレイジイ・ジャパニーズ」（とんでもない日本人だ）と、彼は笑う。

干しぶどうのような味だった。唾が紫色になった。

彼は陽気で、蟻塚を教えてくれた。その上に片足を置き、ポーズを取る。

「アイアム・クロコダイル・ダンディ」

これも写真に撮った。

オーストラリアで「クロコダイル・ダンディ」という映画が作られ、そう呼ばれる野生味あふれる男優が主人公だったのだ。

何か目に飛びこんで来る。小さな蝿だった。私が目をこすっていると教えてくれた。

「今は真冬だから少なくてよかった。夏は大発生することがある」

夏には、わずかな水分を求めて目に突き刺さるようにして飛びこんでくるのだという。

カートのすてきな口笛が谷間に響く。我らは笑いながら風の谷を戻った。約四時間のウォークだった。

巨大な山塊は日没とともに真っ赤に染まり、赤褐色となり、やがて黒一色となって、夜の闇に溶けこんでいった。刻々と変わってゆく岩の色は、巨岩の脈動・拍動を感じさせた。それは不思議なまでの壮大さで、地球の鼓動を聞いたように感じた。

夜空の下、ジープのライトで照らし出された即席の食卓で、カートとともにバーベキューディナーを取った。

「あれが南十字星よ」隣に座ったイタリア人女性が指をさして教えてくれる。

食後、私は一人、その場所から離れ、歩いてみた。樹木はほとんどない。ブッシュが点々と生えているだけである。

広大な砂漠の中、漆黒の山塊を背景にし、ただ一点のジープのライトの下で人々はディナーを取り、笑いさざめいていた。

澄みきった夜気に全身を浸しながら、夜空を仰ぎ見た。暗黒のキャンバスにミルクをぶちまけたように銀河が流れ、まさにミルキーウェイだった。

蠍座《さそりざ》と南十字星が天の中心にあった。

三　エアーズロック（ウルル）

翌日はエアーズロックである。「日の出《サンライズ》ツアー」ということで、朝早くホテルからバスで出発した。

バスに乗る時、ステップが高く、一人の老人を手助けしてともに乗った。品の良い老人で、その隣に座った。バスはあちこちのホテルを廻り、次々と人を乗せてゆく。外はまだ暗い。

老人はイギリスから来たという。白いひげを鼻の下とあごにたくわえている。あご髯《ひげ》はかなり長い。

私は二年前に行ったイギリス旅行を思い出し、あれこれ話した。老人はほほえみながら聞く。彼の声は、小声でハスキーだった。肺の手術を受けたという。

名前を聞くと、ジョン・コレロと言った。私の名前（タケル）を何度も呟いている。

「イギリス滞在はよかったかね」

「ええ、美しい所をいくつか見ましたが、それよりも、イギリス人のマナーというか、その……」少し考えながら言い継いだ。

「お国の人はもの静かで、個人には互いに侵してはならない、プライバシー空間とでも言うべき空間がある、とする考え方がすっかり気に入りまして」

老人は深くうなずいた。

サンライズ・ポイントでバスは止まり、老人に手を貸してともに降りる。

カートと再会し、互いに話しながら日の出を待った。

薄闇の中、眼前には黒々とした岩山が鎮《しず》まっていた。

地平線に一筋の光が走る。

みるみるうちに壮大な夜明けの空となった。

初め黒い岩のかたまりだったウルルは、うっすらとしたやわらかなオレンジ色から、黄色みを帯びた岩肌となり、何と山腹が金色に光ったのだ！

山腹の右端に、巨大な頭蓋骨の形をした侵食がある。直径二百メートルはあろう、その頭蓋骨が、何と金色に光り輝いたのだ。

これは一瞬ではなく、ややしばらく続いた。

だが人々は何気なく言葉を交わし、笑い、ウルルをバックに写真を撮り合い、誰もこの金色に輝く巨大な頭蓋骨に気がつかない！　ウルルは太陽が昇るにつれ、時々刻々、赤さを増し、やがて真紅に燃え上がった。

――ウルルが燃える！

私は声もなく、朝焼けのウルルと赤く輝く巨大な頭蓋骨の侵食を眺めた。

最後にロックは、深くて重々しい赤い岩肌に変貌していった。

オーストラリアの中心地帯は砂漠であり、レッドセンターと呼ぶ。砂も岩も鉄分も含んでいるという。つまり、エアーズロックの岩肌は酸化して赤く錆びていたのだ。

「この後、エアーズロックを一緒に登ろう」とカートに言い、バスに戻った。

バスでは、あの品の良い老人がすでに座っていて、私を待っていてくれた。

ホテルに頼んだ朝食は小さなリュックに入っていた。取り出して食べ、クッキーを老人に勧めた。彼はほほえみながら、少しずつ食べる。

エアーズロックの登り口にバスは向かった。

老人は重い口調で言う。

「タケル、エアーズロックはとても危険な所だ。風が強く、時々転落して死ぬ人がいる」

「私も聞いたことがあります。大学の先生で、以前、エアーズロックに来た人が事故を目撃したそうです。死体が見つかるまで三日もかかったそうで」

「今日は風が強いから、タケル、充分に気をつけてゆきなさい」

諭すように言いながら付け加えた。「私は一人で山裾を歩く……」と。

夢にまで見たエアーズロック登岩（「登山」とは言わなかった）である。このスロープからのみ登ることができる。登ってすぐの所に大きな岩があった。「臆病者の岩《チキンロック》」といって、この先はハードなので、大部分の人がここから引き返すのだという。

この先から急な坂となり、「鎖」が始まる。ここでひと息入れることにした。

「タケル、もう休むのか？」カートは呆れたように言う。

「お先にどうぞ。私はマイペースで行くから」

私は手を振った。彼は口笛を吹きながら登っていった。

これは容易でない、と直感した。登り始めると、次の尾根がまったく見えないのだ。

道の半ばでカートに出会った。彼は汗を拭きながら言う。

「タケル、私はとても無理なので、ここで引き返す」

彼は鎖を握り直して下って行った。

休んでいる時、風で私のリュックが飛ばされそうになり、近くの人が押さえてくれた。また、バランスを失ってよろけた人の腕をつかんだこともあった。フードに風が入る。髪の毛はみなバサバサだ。途中で疲れ、鎖から近い岩肌に、やもりのように張り付いて何回も休んだ。汗はかくのだが、吹きつける風でみるみるうちに消えてゆく。風の中、乾いた岩の匂い、砂の匂いをあえぎつつ嗅いだ。

こうして鎖が尽きる所まで登った。ここにやや平たいスペースがあり、登り、下る人々が休んでいた。

ここまでで大部分の高度を登ったことになる。ここまでは行程の三分の二に当たる。この鎖のエンドで休んでいると、頂上まで行ってきた人が口々に言う。

「やめたほうがいい。この先は鎖がない。風が強くてとても危険だ」

本当に風が強かった。しかも体を巻き上げるように突風が吹く。鎖を頼りにここまで来たが、強風で何度も吹き飛ばされそうになった。

我らに与えられた時間は、往復二時間半だった。すでに一時間半を超している。エアーズロックから落ちて死んだ人はかなりいる。ジョン・コレロの言葉を思い出した。残念ながらここで登岩を断念した。

強風の中、はるか西方にカタジュタがあった。見渡す限り赤い世界が広がっていた。

何億年もの造山運動、風化侵食作用の結果、エアーズロックやカタジュタという巨岩が生まれたのだ。これらは、地下数キロの所まで根を下ろしているのだという。巨岩は地下で回転してその一端を地上に露出しているのだという。そのとおり、岩肌には縦に縞模様が刻まれていた。天地創造のドラマを感じた。

赤い砂、砂、砂――赤い砂の世界だった。

これほど風が強いと、砂漠に大砂塵が巻き起こるはずである。だが、鉄分を帯びた赤い砂は重く、しっとりと大地を覆っていた。


バスに戻ると、人々の顔ぶれが違う。慌てて見渡すと、老人が私を手招く。

（席がある！　私の荷物もある！）

老人のとなりに座り、アボリジニセンターに向かった。

「私は大学で、プレゼンテーションのテーマをアボリジニの美術にしました」

心なしか老人の眼が光った。

「以後、アボリジニについて勉強しました。アボリジニには、土地所有の観念がない、というので」

「それは違う」さえぎるように老人は言った。

「鳥も獣も虫も、草や木や水……人間も、すべては大地に結び付けられている。大地が人間を所有しているのであり、人間が大地を所有しているのではない」

とぎれとぎれに、しかし、はっきりと老人は言った。

実に深い言葉だった。

私は驚いて老人を見つめた。気づいた老人は言葉を止め、きまり悪そうにほほえむ。

「アボリジニの伝説では、エアーズロックには神が住んでいるそうですね」

「そう、夢時代《ドリームタイム》と呼ばれる天地創造の時に、神々は大地から現れ、放浪の旅をしながら万物を造った」

白いあご髭を手でしごきながら言った。

「彼らは木や草や、花、鳥……、そして人間に似ていた」

「ほう、日本の神話に似てますね。日本でも八百万《やおよろず》の神々がすべてを造ったと言われています」相づちを打ちながら言った。「だから、すべてのものに神々が宿っている、というのです」

（なるほど）というように老人はうなずいた。

「彼らは人間のように振るまった。狩りをし、戦い、愛し、憎み……」ほほえみつつ言葉を続けた。「それにも飽きると、再び大地に姿を隠したのだ」

振り向きつつロックを指さした。

「その場所がエアーズロックなのだ」

「今、アボリジニの神々は、エアーズロックの中で眠っているのですね」

ジョン・コレロは深くうなずいた。

「残念ながら、エアーズロックの頂上を極めることはできませんでした」

悔しさをにじませて私は言った。

「風が強くて、鎖のエンドで引き返さざるを得なかったのです」

「頂上は平たいが、でこぼこしている。頂上に登っても、ウルルの本当の姿は見えない」

慰めるように（？）老人は言った。

「山裾を歩いたかね」

「はい。山裾は複雑に入り組んでいて、谷や洞穴、それに清らかな泉があるので驚きました」

老人の顔を見つめた。

「あなたはどの辺を歩きましたか」

「特にどこということはない。人々から離れてそぞろ歩く……。風が吹くと岩は不思議な音を立てる。そして止む」

そこで老人はひと呼吸した。

「また、音が始まる。私にはそれが岩のささやきのように聞こえるのだ。私はゆっくりと歩き、それに身をゆだねる……」

終わりのほうは呟くようで、よく聞き取れなかった。風の中を一人、飄々と歩く老人の姿を想った。

ベースツアーでアボリジニの岩絵《ロックペインティング》を見た。

「それらは一万年も前から塗り重ねられたものだ」

ひとつ咳をして、淡々と老人は言った。

「だが、その意味はアボリジニでなければ分からない」

「私はエアーズロック登岩が、こんなにハードだとは思いませんでした。とても息切れがして」

「レッドセンターは台地で、平均高度が千メートルはある。それにエアーズロックの高さを足す。その高度であなたは岩登りをしたのだ」

道理で、と思った。

「エアーズロックでなくて、エアーズマウンテンですね」

老人はにっこり笑った。

リュックからオレンジを出して老人と食べた。老人はほとんど音を立てずに食べる。

「あなたはひょっとして僧正《ビショップ》ではないでしょうか」

「どうして？」

「あなたは上品で、優しく穏やかだから」

彼は唇をしめてほほえむ。

「何度来ても……」老人は首を小さく振りながら言った。「エアーズロックは不思議な所だ……」

やや間を置いて告げた。

「娘がシドニーで美術商を営んでいる。何かあったら連絡しなさい」

私に彼女の名前と電話番号を教えてくれた。

私はアボリジニセンターでバスを降り、ジョン・コレロに別れを告げた。

彼の深いしわにたたまれた温顔が、強く印象に残った。彼がほほえむと、顔は深いしわと白いひげにうずもれ、幼児の無邪気さを漂わせる。時々、キラリと眼が光る。だが、その眼の光も、ほほえみと共に一瞬の内にその深いしわの中にたたまれるのだった。

多くのことを私に教えてくれた。その一つ一つに深い意味があった。もの静かで、不思議な威厳を持った老人だった。

バスを降りたあとも私は手を振り続けたのである。

アボリジニセンターで多くの展示物を見た後、ウルルのビデオを買った。

その後、あのウルルの山肌にできた巨大な頭蓋骨の侵食の絵葉書を、一生懸命探した。

（あれほどの光景なら、必ず絵葉書になっているはずだ）

かなり探した。

ない！

センターの若い係員に聞く。

「あの頭蓋骨の侵食は、我らアボリジニにとって神聖なものを意味する」

彼は重々しく言った。

「だから写真には撮らせない」

一瞬、がっかりした。が、気をとり直して今度は「ジュカーパ」（ドリームタイム）について尋ねてみた。彼は首を振り、ついて来るように身ぶりで示した。

そこには、三人のアボリジニの老婆が、赤い大地に座り、何やらおしゃべりしていた。

座っているというよりも、大地に根が生えたような感じだ。みな肥っていて、肌は漆《うるし》のように黒く、鼻がひしゃげている。

若者がアボリジニの言葉で話しかけた。

「ジュカーパ」という語だけわかる。

彼女たちは一様に首を横に振る。若者が頼む。やっと承知してくれた。

若者が大地を指さした。

私は彼女らの隣にジーパンの腰を下ろし、あぐらをかいて座った。

彼女らは訛りの強い、片言の英語で話してくれた。

「我々アナングにとって、ジュカーパは、先祖伝来の教科書だ」

アナングとは、実に、「人間」という意味だった！

「どこに水場があるか、どう狩りをするのか」咄咄としゃべりだした。

「どう振る舞うか、一族の名前はどう付けるのか」

一人が語り、言いよどむとほかの老婆が助ける。単純素朴な英単語しか使わない。

そのため話の内容は一挙に分かりやすくなるか、まったく分からなくなるかであった。

赤い砂の上に指で点々と印や模様を付け、またサークルを描いてゆく。

一つ分かるたびに、私が小さな声を上げるので、彼女らは笑う。使い古した歯を見せる。

私はすっかりリラックスし、人間対人間……といった気分だ。

「子供たちが成長したら、我々はそれを歌で教える。そうしてこの歌を語り伝える。これがジュカーパだ」

三人は替わるがわる話した。それを継ぎ足すと、だいたい、こういう意味のことを語ってくれたのである。ほかにもあれこれ話してくれ、地面に何やら書いて教えてくれた。が、私の能力ではこれが精一杯だった。彼女らは笑顔で私を送ってくれた。

こうして「ジュカーパ」と、あの「ウルルの巨大な頭蓋骨の侵食」は、アボリジニの老婆の笑顔と共に、私の脳裏に焼きつけられたのだった。

レッドセンターの不気味なまでに赤く、異様な雰囲気にどっぷりと身を浸して、私はこの名状し難いショートトリップを終えた。

四　プレゼンテーション

大学に帰った。

仲間はみな、驚いて言う。

「すごい日焼け顔だな。エアーズロックに行ったって！　エアーズロックに行くと人間が変わる、というが本当か？」

「いや、人間は変わらない。性格が変わる」これはジョークのつもり。

いよいよプレゼンテーションの日である。我らのグループの番になった。私は最初の「紹介」の役割だった。

「初めに私のメンバーを紹介したい。彼らはみな優秀です。私を除いて」

皆、笑う。

「彼らはこのポスターを作成した。私なしに。それほど優秀です」

またまた笑う。

「我がグループは、アボリジニの美術をテーマとしました。アボリジニの歴史、アボリジニのアート、特に岩絵について、続いて現代のアボリジニのアートについてそれぞれ述べ、最後に、アボリジニの将来について我らの意見を述べます」

私は聴衆を見回しながら、ゆっくりと話を始めた。

「我らは、初めにジュカーパというアボリジニの言葉に興味を持ちました。翻訳されて、夢時代《ドリームタイム》と言います。アボリジニにとってドリームタイムとは、過去、現在、未来に渡る存在を意味します。皆さん、何という奇跡的な言葉でしょう。ドリームタイムはアボリジニの歴史であり、伝説であり、神話なのです」

テンポを上げて言い継いだ。

「アボリジニの長老は、ロック・ペインティングを指で示しながら言いました」

私はポスターの絵を指さした。

「ジス・イズ・ア・ブック。ウエン・ユー・ハブ・イナーフ・ブレインズ、ゼン・ウイール・レッチュー・ノー」

(これは「本」である。お前たちが充分な頭脳を身につけたら、教えるであろう)

「何という深い言葉でしょう」私はここでひと呼吸とり、また言葉を続けた。

「ユーは彼の子孫を意味します。しかし、私は今、ユーの意味を拡大したい。ユーは」と言って、いきなり聴衆を指さした。

「あなた方全員を意味します」

聴衆は驚きの面持ちだ。

「分かりますか。アボリジニの長老の言葉を借ります。もし、あなた方が充分な理解力を身につけたその時、あなた方はその真意を理解することでしょう」

ひと息ついてから続けた。

「アボリジニの長老は、〝風の声〟を聞くことができました。今や皆さんは、我がグループのプレゼンテーションから、それを聞くことができるでしょう。サンキュー」

次のスピーカーを紹介して、私は椅子に座った。

我がグループのメンバーはそれぞれベストを尽くした。

あとで教授は、我らのグループの所に来て、うなずきつつ言ってくれた。

「ウェルダン」（よくできた）と。

五　チャイナタウン

いよいよシドニーを離れる日が来た。

前日が一日フリーになったので街に出た。ホームステイの主人夫婦に贈り物を買うためである。彼らは実の親のように私の面倒を見てくれた。

シドニーはオーストラリア一の都会だが、土地が広いせいであろう、人々の雑踏がないのが気に入った。ショッピング街を歩く。しゃれたブティックが並んでいる。とある店で、ダークグリーンのセーターを買った。これなら夫婦そろって着ると似合うと思った。折りたたんでリュックに詰め込んだ。

ストリートを下り、チャイナタウンに向かった。傾斜のある坂道をそぞろ歩く。さすがに中国系の人が多い。家族連れがほほえましい。「館」「楼」「飯店」といった看板が、豊かな彩りで目の前に現れる。時々、鳥のさえずりのような中国語が耳に入って来る。言葉は分からないものの、私もほとんど彼らと同じだ、と感じた。

このチャイナタウン独特の、東洋の喧騒が懐かしかった。

前方から数人の男づれがやって来る。私を見ている（?）。彼らと目が合った。すれ違った。

その時である。

左から大男が体当たりをかけてきたのだ。右にサイドステップし、やっとかわした。が、右から別の男が続いてアタックしてくる。左ストレートをあごに打ち込み、続いて襲ってきた男を右ストレートで沈めた。

回し蹴りで襲ってきた男をスウェイバックでよけ、ステップインしてボディに打ち込んだ。あとは乱闘になった。

女性の悲鳴が聞こえる。

こぶしがしびれる。相手は、一度は倒れるが、また起き上がってくる。相手の体が大きい。パンチの利きが悪い。背中のリュックが邪魔だ。坂道が恨めしい。

右足の太腿、続いて背中に大きな衝撃を受けた。前にのめる。左足を倒れた男に掴まれた。右から体当たりをくらう。

今度は一たまりもなくはね飛ばされ、歩道に投げ出された。ごろごろと転がり、ビルの壁でやっと止まった。

気が付くと、周囲に人が集まっている。頭がぼうっとしてすぐには立てない。人に助けられてやっと立ち上がった。ふらつくが、どうやら歩ける。

暴漢は逃げ去ったようだ。

中国人の家族連れが、私を近くの飯店に連れていってくれた。

運ばれた中国茶をむさぼり飲む。次第に気持ちが落ち着いてくる。頭がぼやけて今一つはっきりしない。知らぬうちに頭部を加撃されたのかもしれない。

背中に鈍い痛みがある。

(リュックに詰めたセーターが私を助けてくれたのか?)

それにしても、顔や手足に擦過傷があるだけで、大きな怪我はないのでほっとする。彼らは香りの強い油薬で、傷の手当てをしてくれた。

暴漢の一人をぼんやりと思い出した。私がセーターを買っている時、私の開けた財布をウインドー越しにのぞいていた男だ。

今回のツアーは、エアーズロックで使っただけで大半のドルを残していた。

（彼らはあそこで私にねらいをつけたのだ）

お茶をすすりながら、荷物をチェックした。リュックを開く。贈り物のセーターもある。小物もある。小銭入れもある。が、腰に巻いたウエストポーチがない！

私は愕然とした。

（パスポートがない！）

六　ジョン・コレロの娘

小銭入れの中からメモが出てきた。

エアーズロックで出会った老人が、私に教えてくれたものである。

（何かあったら連絡せよ）

ただちに電話を入れた。

「来なさい」と、ハスキーで力強い声が言う。

中国人家族に丁重に礼を言い、タクシーで彼女の所へ向かった。

娘はノア・コレロと言った。

ダウンタウンにあるノアの店は、さながら一つのアボリジニの美術館だった。左右のギャラリーと通廊には、アボリジニのアートを所狭しと展示しており、そのため、通廊は狭くなったり広くなったりした。

ノアは私とほぼ同じ背丈で、上下、ジーンズを着ている。整った顔だち、眉が弓のように形よく長い。薄い褐色の肌に、長髪がやや縮れている。何とも言えない魅力があり、それ以上に迫力のある女性だ。

「お父さんにお世話になった者です」に始まり、最前、起こったことをかいつまんで述べた。

堂々たる態度だった。

彼女は二階の事務室へ私を案内した。私が右足を引きずっているので、社員が肩を貸してくれた。

彼女はそこから次々と電話をし、社員に指示をする。電話が時々、アボリジニの言葉に切り替わる。

私の頭は依然としてぼーっとしており、靄か霞の中に身を置いているような感じだ。電話をしているノアのハスキーな声が、遠く、また近く聞こえる。

私をソファーに座らせ、コーヒーを勧める。

「まず待ちましょう」

耳元で彼女の近い声がした。私はかすれ声で言った。

「四日前にエアーズロックのツアーで、お父さんからお世話になりまして……」

その瞬間だった。

「父は数年前に亡くなりましたが」ノアは驚きの声で言う。

「ええっ！」私は言葉を失った。

彼女も目を見張った。

ノアはデスクから私の方に椅子の向きを変え、まっすぐ私を見つめる。

私はジョン・コレロとの出会いを話し、会話の中身を詳しく告げた。

「あなたの言ったことは事実です」ノアは重々しく言う。「父は肺の手術を受けました」

彼女は何かを思い出すように私の顔をまじまじと見つめた。

「父はエアーズロックで事故にあったのです。突風に吹き倒され、岩山から転落しました」

もう少しで崖から落ちるという時、一人の東洋人の若者が身を挺して止めたのだという。

「若者はロックから父をかつぎ下ろし、応急処置をした後、名も告げずに立ち去ったそうで」

肋骨が何本か折れ、肺に突き刺さるという危険な状態で、フライングドクターサービスでアリススプリングスに運ばれ、さらにシドニーに運ばれて、大手術を受けたという。

「転落してからシドニーの病院に運ばれるまで、父の意識はあったそうです」

私の目の前で何か不思議なことが起こりつつあった。

「奇跡的に助かった父は、その後、工場を知人に譲り、海外に出て行くようになりました。なぜか東洋を廻ったようで」

彼はイギリスで機械工場を経営し、孤児院を作ったという。国籍を問わず、孤児の面倒を見、戦後の荒廃期に多くの孤児を救ったという。

「今、成長した彼らは、世界中で活躍しています。私は……」

言葉が途切れ、彼女は目をうるませた。

「彼がシドニーに来た時に拾われました」

彼女はイギリスで教育を受け、育てられた。彼女の美術の才能を見いだし、大学まで通わせてくれたという。

「卒業後は、私の故郷であるオーストラリアに行くことを許してくれました」

彼女はしみじみと話した。ジョン・コレロのことを話す時、彼女の目は輝いた。

「あなたの父上は、僧正《ビショップ》だと思いました」

彼女は深くうなずいた。

「父は人格者でした。多くの人が彼を慕い、尊敬しました」

よく通るハスキーな声で、さらに言葉を続けた。

「自分は東洋の若者に助けられた、と繰り返し言ってました。毎年、エアーズロックを訪れ、その山裾を歩いては帰ってくるのです」

何かを思い出すような目で私を見た。

「いるはずのない東洋の若者を探しに行ったのでしょうか？」

ノアはそこでコーヒーをすすり、私をまっすぐ見つめた。

一つ一つ不思議なことだった。今まで経験したこともないようなことだった。


しばらくして電話が入った。

ノアは告げた。

「チャイナタウンでタケルという日本人が襲われて、パスポートを取られた」

急に彼女の表情が真剣になった。

「イエス、タケル、タケル」私を見つつ応答する。「そう、今、ここにいる」

ノアの私を見る目つきが変わった。

彼女はアボリジニの言葉を交えて早口にしゃべりだした。ほとんど意味がつかめない。

相手の声がかすれ、電話はここで切れた。

七　ジェームズ

ジェームズはボクシングの練習の後、若者たちを車に乗れるだけ乗せてシドニーまで運び、次々と降ろして廻っているところだった。

ある所で、ノアが彼を捜していると仲間が告げた。

ただちにノアに電話する。

（チャイナタウンで、タケルという日本人が襲われて、パスポートを取られた）という。

ジェームズは仰天した。

「その日本人は私の親友だ。怪我はないか？」叫ぶように言った。

「よし、私が何とかする」

ジェームズはミリミリとともに車を走らせた。タウンホール駅の近くで、ミリミリが、「母ちゃんだ」と叫んで車から降りた。母親のワラワラだった。

チャイナタウンでの乱闘はかなりの人が見ており、知っていた。

ジェームズは彼女に聞いた。

「離れていたけど私も見た」と言う。

「すごい喧嘩だった」幼児を抱き直しながら小声で呟く。

「その東洋人は強かった」首を傾げて、「ひょっとして……」と、考えこむ様子だ。

「あれはメルの奴らだった」

オーストラリア出身で、メル・ギブソンという映画俳優がいる。男っぽい俳優で、崇拝する者も多い。ギャングたちの崇拝する人物なのであろう、彼らはメルの一党を名乗っていた。

彼らの巣窟は、ダウンタウンにあるギブソンの酒場だ。

ミリミリ他数人の若者がジェームズのワゴン車に飛び乗った。ワラワラがそこへ案内する。

ギブソンの酒場は半地下式になっていた。

ジェームズは、「私一人でいい」と言い残し、酒場の階段を下っていった。

ドアを押すと、中から強烈なロックのリズムが響いてくる。酒と煙草、それに汗臭いにおいがむっと鼻につく。薄暗い通廊を抜け、もう一つのドアに手をかけた。いきなり左右から、四本のごつい腕がジェームズの肩と襟首をわしづかみにして引き戻した。

酒場はかなり広いホールになっていて、煙草の煙がもやのように漂っている。くずれた麻袋のようになったジェームズが、二人の用心棒の手でフロアの真ん中に引き出された。

「こいつがボスに会わせろ、と言ってきかないんで」

一人が奥のテーブルに向かって言った。

「したたかに殴りつけたんですがね」もう一人が言った。「しぶとい野郎で」

ジェームズの口から少し血が流れている。

薄暗い酒場のやや奥まったテーブルに、ここだけ古い傘つきのライトが下がっていた。

髭面の男を中心に、それぞれ癖のある人相の連中がこのテーブルを囲んでいる。この髭面がボスであろう。

テーブルには、財布、ウエストポーチ、時計、指輪にネックレス、それに現金、要するに、今日の稼ぎが山のように載せられていた。これから仕分けて、文字どおり山分けするのだろう。

ジェームズはひと目でタケルのウエストポーチを見てとった。

髭面のボスは、葉巻の煙を大きく吐き出すと、冷えびえとした声で言った。

「何しに来た？」

「そこに友達のウエストポーチがある。それを返してもらいたい」

「我らはこれで食っている」せせら笑いながらボスは言った。

「欲しけりゃ、腕で持って行け」

――身のほど知らずが！

酒場に嘲笑が起こった。

この時だった。くずれた麻袋のようなジェームズの体が、一瞬のうちに鋼《はがね》に変化した。

用心棒の手を振りほどくやいなや、左右フックで、目にもとまらぬ速さで彼らを殴り倒したのだ。

酒場は色めきたった。十数人、音をたててテーブルを立つ。ジェームズを囲む。

豪快なファイトだった。

相手のパンチを肩や腕、胸で受け止め、手近な奴から一撃で倒してゆく。ジェームズもパンチや蹴りを食らう。だが、彼の鋼のような体はそれをはじき返す。回転しながら前後左右の敵を倒してゆく。ジェームズは種々の格闘技を身につけていたのだ。

だが、ジェームズの動きが鈍くなる。彼にもダメージが出てきた。

起ち上がった用心棒が、椅子を振り上げて襲いかかった。よける間もなく、ジェームズは左手で受けた。バキッという鈍い音と共に椅子はこなごなに砕け散り、男はジェームズの右ストレートを食らって吹っ飛んだ。

一休止だ。

カウンターの中では、年寄りのウエイターが震えている。

(この老人は無害だ)

ジェームズはカウンターを背にして、肩で息をしながら体勢を整えた。垂れた左手を右手で支えながら、カーキ色のシャツとズボンは破れ、汗と返り血で染まった。

何と十数人の白人が、突然、闖入してきた一人のアボリジニの若者から手もなく殴り倒されたのだ。それぞれに場数を踏んだ悪党どもが、ぶざまにも……。

——ブチのめせ。生きてここから出すな。

酒場に殺気がみなぎった。

奥のテーブルにいた連中が一斉に立ち上がる。

しかし、ナイフを抜かないのはさすがだ。（素手には素手で）ということか。じわじわとジェームズを囲む。

この時、ゆっくりとフロアの中央に、小山のような体を揺らして歩み出た者がいた。漆のように黒い肌、縮れた髪、ひしゃげた鼻、顔に汗を滴らせ、左手に幼児を抱えている。ワラワラだった。

「ノーファイト、ノーファイト」右手を左右に振りながら言う。

「彼、一人。あなたがた、たくさん」片言の英語でたどたどしく言った。

「闘う、よくない」

幼児を抱いたワラワラが、フロアの真ん中で右手をせわしなく振る。黒い小山のような彼女はすごい存在感だ。彼女は巨体を揺らして言葉を続けた。

「ウエストポーチを返して欲しい。彼は左手を折った。これ以上闘えない。もう充分だ」

だいたいこういう意味のことを言った。

「イナーフ」と。

ボスは葉巻をくわえたままこの乱闘を眺めていた。まばたきもせず、続いて現れたアボリジニの大女を呆れたように見つめたのである。

およそこの世に、乳飲み子を抱いた母を襲う男などいなかった。誰しも心の一番奥の部屋にその像はかけられていた。それは母であり、妻であり、自分の娘であった。その乳飲み子は自分であり、我が子であった。

彼女の太い湿り気のある声は、徐々に荒くれ男たちを静め、彼らの牙を抜いていった。

やがて酒場は水を打ったように静まった。

ボスは葉巻の煙を天井に太々と吹き上げた。

「恐ろしいレフリーだ」と呟き、少し間を置いて冷えびえとした声で告げた。

「返してやれ」

ワラワラがそれを受け取った。

酒場の入り口にはアボリジニの若者が忍び込み、何人かはフロアにまで達していた。

ミリミリもその中にいたのである。

最後の電話でノアの顔から緊張が解け、ほっと安堵した表情になった。

しばらくして社員が入って来て彼女に耳打ちする。

彼女は椅子から立ち上がると私を促した。

「下の展示室に行きましょう」

社員の肩を借りて私は階段を下ったが、照明を極度に絞っているために、まるで闇の中に下りて行くようだった。

（彼らはこれで見えている！）

スポットライトが闇の所々をぼうっと浮かび上がらせ、アボリジニのアートが独特のおどろおどろしい雰囲気をかもし出す。

今度こそ私は卒倒しそうになった。

ギャラリーの中央に列をなして展示されているディジィリドゥーの陰には、何とジェームズがいた！

彼のカーキ色のシャツとズボンはあちこち破れ、汗と血にまみれていた。左手を包帯で首から吊っている。包帯には血がにじんでいた。

私を見てほほえむ。ノアは彼を気づかうように、彼の腰に片手を添え、熱っぽく言う。

「弟のジェームズ・コレロです」

ディジィリドゥーが林立しているその薄闇の中から、さらに少年が現れた。
(この少年は?)
そうだ、ミリミリだ。キャンパスでボクシングを教えたあの少年だ。私に手を振る。
その奥には、ブーメランと盾が無数に展示され、うっすらとした闇を作っていた。
その薄闇の中からミリミリは、小山のようなアボリジニの女性を引き出したのだ。
笑いながら、かん高い声で言った。
「おいらの母ちゃんだ」
黒い小山が動く。幼児を抱いた彼女が、薄明かりの方に体を揺らして進み出た。
私を見て驚く。「やっぱり」と、呟いて笑う。
顔がくしゃくしゃになった。ウォーンアウトの歯を見せた。
(思い出した! あのタウンホール駅の母子だ。わずかな小銭を渡した人だ)
ノアがアボリジニの言葉で彼女に話しかけた。聞きながら何度もうなずいている。
眼顔で彼女に促した。
何と彼女は、私のウエストポーチを差し出した!

八　ドリームタイム

翌日、深夜便にもかかわらず、ジェームズとノア、アリーサ、ワラワラとミリミリは、シドニー空港まで私を見送りに来てくれた。

私はひと晩で体調を回復し、生まれ変わったような新鮮さで、彼らをロビーに迎えた。

ミリミリが例によって私にしがみつく。

ロビーの椅子に座り、出発の時間を待つ。

ジェームズは沈黙したまま悲しげだ。首から包帯で吊った左手が痛々しい。筋肉のかたまりのような彼が、まるでくずれた麻袋のようだった。

ノアがハスキーな声で、ほほえみながら愚痴を言った。

「弟は何かに熱中すると、半年も会ってくれないのよ。アリーサに首ったけだからだとばかり思ってた」

アリーサが首をすくめる。

「ジェームズは優しく、気配りの行き届いた人だ。彼の所に泊まると、いつの間にか毛布がかけられている。朝には食事がセットされている」

アリーサが笑いだした。

（ああ、アリーサがやってくれたのか！）

だが、笑いはこれまでで、ジェームズは時々、ため息をついている。

ミリミリが私の腕をゆすりながら、前夜のジェームズの闘いぶりをしゃべり始めた。

「一人で十人以上倒したんだぞぉ」

ジェームズは私のために命をかけてくれたのだ。

「君のお蔭でパスポートが手に戻った」私はジェームズに心から礼を言った。

「お蔭で今日、無事帰国できる」

閉じた目を開いてジェームズが、かみしめるように言った。

「それは、ワラワラだった。ワラワラが私を救ってくれた」

がっくりとジェームズが頭を落とし、呻くように言った。

「今まで……こんな男《ガイ》はいなかった」

そう言って歯を食いしばっている。

ノアとアリーサが、目をうるませながら彼の広い背中に手を廻した。私は席を立ち、
ミリミリを腰につかまらせたまま彼の前に片膝をついた。

「私はオーストラリアへ学びに来て」静かに彼に話しかけた。「真の友を得た」

「ジェームズ、ジャパンの諺だが、別れは、また新たな出会いのスタートなのだ」

彼の右手を取り、私の胸に当てた。

「君は私の胸の中にいる」

私の手を彼の胸に当てた。

「私は君のここに住む」

私は彼の右手を両手で包み、強く握った。私の手の甲に、ジェームズの熱い涙が滴った。

出発の時間がきた。

ミリミリを力に任せて上に放り投げ、受け止めて振り回した。けたたましい声で少年は笑う。ワラワラがミリミリを私から引きはがした。

一人一人熱く抱擁し、最後にワラワラとビッグな抱擁を交わした。ノアとアリーサに支えられるようにして立つジェームズ、ワラワラがミリミリを高々と抱え上げた。

出発ゲートに消えて行く私の背中に、ミリミリの泣き叫ぶような声が追った。

「タケルー、タケル……」

私は今、日本に向かう機内にいる。人々は機内食を食べ、シートを倒して眠りに入った。

ジェットの唸りの中、夜のしじまが訪れた。

だが私は、だんだんと眼がさえてゆくのだった。今、別れたばかりの彼らが、一人一人神秘のベールに包まれ、何か現実感を取り去ったような姿で頭に刻印されてゆく。私は二か月間、異次元の世界に身を置いたのだ。

あのエアーズロックの旅は何だったのだろう？　それに引き続いて起こったことは何だったのだろう？

カタジュタが、エアーズロックが、眼前に浮かぶ。

エアーズロックは「出会いの場」だという。私は多くの人と良き出会いを持った。人と人との出会い、触れあい、語り合いを想起した。

レッドセンターは酷烈な世界だった。ここでアボリジニは、四万年という歳月を生き抜いた。灼熱の大地と、あの赤くて異様な雰囲気を忘れることができない。あの強風の中で砂塵もあがらず、強く踏んでも砂煙一つ立たない。

あの赤い砂は何を語っていたのだろう。

――暑ければ日陰に去れ。渇いたら飲め。

理屈のない世界だった。

赤は血の色であり、人を発狂させる色だとよく言う。だが、このレッドセンターでは、赤でこそ人は落ち着いた。

プレゼンテーションの場面が浮かぶ。

アボリジニの長老はこう言った。

「ウエン・ユー・ハブ・イナーフ・ブレインズ、ゼン・ウイール・レッチュー・ノー（お前たちが十分な頭脳を身につけたら、教えるであろう）」

何という深い言葉だろう。

エアーズロックの岩肌にできた巨大な頭蓋骨の形の侵食は、アボリジニにとって神聖な意味を持つ。その意味はアボリジニにしか分からない。

ロックの頭蓋骨が脳裏に大写しになって浮かんだ。少しずつぼやけてゆく……。

ジェームズ、アリーサ、ノア、それに私がボクシングを教えたアボリジニの若者たちの姿が、次々にイメージに浮かんでくる。

むしょうに彼らに会いたい。彼らの顔が見たい。声が聞きたい……。必死になって彼らのイメージにすがる。追い求める。

それにあのアボリジニの母親、ワラワラのくしゃくしゃの笑顔がダブった。

消えてゆく、消えてゆく……。

エアーズロックは本当にハードだった。ロックで私の流した汗は気持ちの良いものだった。鎖のエンドで登頂を断念したけれども、私は幸せだった。

風が頬をなぶってゆく。

老人の声がかすれかすれに聞こえる。

（タケル……気をつけて……）

「アン・オールド・アボリジニ・クッド・ヒヤー・ザ・ヴォイス・オブ・ウインズ

（アボリジニの長老は、〝風の声〟を聞くことができた……）」

突然、老人の笑顔が、あの思わず引き込まれるような笑顔が大きく浮かび上がった。

あの深いしわにたたまれた穏やかな笑顔が……。

（あなたはどうしてそれほどに穏やかなのですか？）

老人はほほえむ。

（拒まなければ、拒まれない）

老人の温かいほほえみがそう言っていた。

ジェットの轟音の中に、吹きすさぶエアーズロックの風の音を聞いた。

（あの老人は……〝風の声〟だった！）

私は大きな温かい魂に包まれ、深い眠りにおちていった。

海へ向かうあなたに

一

その日は朝から吹雪だった。鉛色の空は重くのしかかり、真冬の酒田港には人影もなく、かもめ一羽飛ばず、荒れ狂う怒涛と強風で、岸壁にもやった船がきしみ声をあげていた。

打ち寄せる荒波は、たがいにぶつかり合い、轟音をあげて砕け散り、泡立ち、それは拷問のようにいつ果てるともなく続いた。飛び散ったしぶきは、吹雪とともに横なぐりに岸壁を襲った。

突如、天の一角が裂け、そこからこぼれ出た陽光が、金色の剣となって暗灰色の海に突き刺さる。が、一瞬の後には、空は鉛色に閉じられ、その下では蒼黒い海が、百千の白い牙をむいていた。

岸壁の船どまりの先で、朝から一人の若い女が柱に身を支え、立ちつくし海を視ていた。突風に吹き上げられた彼女の長い髪は、まるでほうきのようだった。

彼女は昼を過ぎ夕方になっても、彫像のように立ちつくしていた。

リヤカーを引いた老婆が、岸壁にうずくまる彼女を見つけた。リヤカーに乗せ連れて帰ったが、老夫婦二人だけの家だった。家には病弱で半ば寝たきりの夫がいた。老婆の行商で二人は暮らしていた。

二

美穂は上野にある商社の事務員だった。両親は若死にし、美穂は高卒後、すぐに勤めた。三つ下の妹がいて、昼はアルバイトをしながら夜間の定時制高校に通っていた。妹は大学に——これが美穂の夢だった。

彼女の勤める商社はそう大きいものではなく、この界隈は、雑居ビルが狭い通りをはさんで並んでいた。

色白で一六五センチと長身の彼女はよく目立った。にこやかに勤める彼女は誰からも好感を持たれた。出勤すると必ず前の通りを掃き、プランターの花に水をやった。

彼女が二十歳のときである。隣の会社と合同の懇親会が持たれたことがある。

そこで話しかけてきたのが勇だった。いつもあなたを見ていたという。あなたを見ない日は何か淋しい思いがした……と。

美穂もまじめな彼にひかれた。

デートが始まった。休日に公園を歩き、美術館に行き、喫茶店に入った。

勇はしばらくの後、「両親に会ってくれませんか」と言った。美穂はうなずいた。


ある日の夕方、一台の車がこの通りに侵入してきた。パトカーを振りきった暴走車だった。三歳ほどの幼児が通りに歩き出し、今、道の中央にいた。

店の前で段ボールの箱から品物を出していた勇がこれを見つけた。彼は横っとびに跳び、幼児を突き飛ばした。次の瞬間、車は勇を十数メートル跳ね飛ばし、蛇行してあちこちにぶつかった後、街路樹に激突して止まった。街路樹は根元から折れた。

ものすごい音がしたので、皆、ビルから外に走り出た。「大変だ、勇が、勇がー」という声がする。救急車が呼ばれ、負傷者を収容しては、サイレンを鳴らして去る。

同僚が、女性は見ないほうがいい、と言った。勇と美穂の仲を知っていたのである。

勇は上半身の損傷がひどく、即死だった。

同僚がショック状態におちいった彼女をアパートまで送った。

一週間、どう過ごしたのか彼女は覚えていない。こうして一人の若者の命が失われ、一つの恋が消えた。

三

夜、彼女は家を出た。上野駅に行き、北に向かう夜行列車に飛び乗った。あとでノートの切れはしが見つかり、「海を見に」とメモが残されていた。

朝着くと、そこは酒田駅だった。吹雪のプラットホーム、横なぐりの風、よろめきながら降りた彼女はバッグ一つ持っていなかった。

まっすぐ駅前通りを歩いてゆく。わずかな傾斜を持つ坂道、そのアスファルトの上には、白い蛇と化した吹雪が幾条となくのたうち、彼女の足にまつわりついた。何度も吹き倒されそうになった。彼女はあえぎながら、坂を上り、坂を下り、そうして岸壁に出た。

眼前には冬の日本海が荒れ狂っていた。

朝から夕方まで彼女はこうして港に立ち、海を見続けた。強風が彼女の長い髪を一方向に巻き上げる。しぶきまじりの烈風が彼女の全身を叩いた。彼女は港の柱に寄りかかり、しがみつき……。

老婆が見つけた時、彼女はうずくまっていた。リヤカーに乗せて老婆の家に連れてこられた彼女は、全身冷えきっていた。

「爺《ず》さまっ、面倒みてやっとくれ」

半ば寝たきりの爺さまも、彼女の様子を見ると顔色を変えて起き上がった。

港でリヤカーを押して行った時、この娘が立っているのに気づいた、という。気になって引き返したら娘は倒れていた、と。

「この服装だば……」と彼女を見ながら爺さまは言った。「この土地の者でねえの」

「まだ若い娘が死ぬ気かのう」

慌ただしく彼女を毛布で包んだ。

娘は高熱を発し、二人で一晩中看病した。

夜が明ける頃、彼女はやっと落ち着き、そのまま昏々と幾日も眠り続けた。

数日後、娘はやっと立てるようになり、少しずつ動いた。娘は美穂といった。

老婆の朝は早い。四時には起きて市場に行き、わずかながら魚を仕入れる。それを売りに行き、なにがしかのお金を受け取った。

家に残った爺さまは、泣きながら話す美穂の話をうなずきながら聞いた。

「みんな私を止めた。必死で見た時、あの人は人間の形ではなかったわ」

そう言って、娘は毎日泣いていた。

「死んだ者のことをいつまで言ってもしょうがねんでろ」

ある日、爺さまは怒ったように言った。

「それは勇の運命だなだ」厳しい口調で続けた。

「勇は死んだんども、子供は助かったんでろ」

口数の少ない爺さまが珍しくしゃべった。

「勇はむだに死んだんでね」噛みしめるように「勇は」と息を継ぎながら、「あんたに何かを教えるために、生まってきたなだ」

諭すように、しかし、きっぱりとこう言った。

「そういうことってあるもんだ」

彼女の胸の中で何かが洗われ、何かが生まれた。

東京にも電報を打った。

治るにつれて彼女も老婆の後について歩いた。リヤカーを押し、ともに引いた。老婆が魚をさばき、彼女がお金を受け取る。

「めんごい人と一緒だのう」と何度も言われた。

「ああ、娘ができたでのう」老婆は笑いながら答える。

口数の少ない老夫婦だった。互いにズサマ、バサマと呼んでいた。

金は要るだけあればいい、と婆さま。

売れ残った小魚は、橋の欄干の上でさばき、かもめにくれた。飛んでいたかもめが、老婆を見つけると次々に舞い降り、欄干に列を作ってとまる。かもめは争うこともなく、婆さまの刻んだ魚の切れをくわえては飛び立つのであった。

「お父さんは」──最近、彼女はそう呼んでいた──「いい人ですねえ」

「でも、口がきついんでろ」と婆さまは笑顔で言う。

「あんたが来てからしゃべるようになったんどもの」

三か月後、完全に回復した美穂は老夫婦に別れを告げた。

「もう帰るんだか。淋しいのう」と爺さま。

「駅まで送ると、もう会えねみてで、やだから、ここで送るんども……」

老婆は涙声で言いながら、「これ、おめさんにあげる」と、ふところから指輪を出し、美穂の手のひらに押しこむようにして入れた。

「こんな高価なものを」彼女はまじまじとそれを見、顔を上げた。

「だめですわ。すっかりお世話になったうえに……」彼女はそれを戻そうとした。

「いや、いなだ。貰っとくれ」爺さまが代わって言った。

「バサマは一度言ったら後に引かね人だから」

美穂は東京に戻った。前の勤務先は退職の手続きがとられ、親切な同僚が、額は少ないものの退職金を妹に渡してくれていた。

青山の喫茶店に勤めることにした。ボックスが何十もある大きな店だった。勤務のかたわら、そばの英会話学院で学んだ。客に外国人が来るというよりも、英会話に興味を持ち、彼女に語学の才能があったのだ。

彼女の落ち着きとにこやかな応対ぶりが買われ、二年後にはウエイトレスのチーフになった。二十二歳だった。

ある日、同僚のウエイトレスが青い顔をしている。「どうしたの」と聞くと、あのテーブルにいるお客さんのオーダーを聞きながら、前のテーブル・オーダーに取り紛れて三十分以上も待たせている、という。

美穂が彼女とともに応対に出た。若い男で、穏やかに言う。

「いや、人を待っているのでかまいません。気にしないでくださいよ。どうぞどうぞ」

感じの良い若者だった。この場はこれで終わったが、何と、また英会話学院で会ったのだ。その後も二人はよく出会い、学院のカフェでコーヒーを飲んだりした。彼は外交官になると話した。

ある日、彼がはずんだ声で、「パスした、合格した」と言う。ややあって真剣な表情で告げた「ひと月後にスウェーデンに行きますが、一緒に来てください」

突然のプロポーズだった。温かなショックがさざ波のように美穂の胸の中に広がっていった。

ひと月はまたたく間に過ぎていった。

彼女は羽田空港に見送りに来た妹をヒシと抱きしめた。

「姉さんはこの人と幸せになることに決めたの」指輪を出し、それを妹の指にはめた。

「私の一番大切なものをあなたにあげるわ」

一転して憂わしげな表情になった。

「私の恩人はどうしてるか気がかりなの。何回か手紙を出したんだけれど、返事が来ないし……」

そう言って妹の手を強く握った。

「お願い。私の代わりに調べて！」

四

初めて酒田に行った時は、ただ歩いた。姉は地図まで書いてくれたのに、老夫婦の家を探すのはそう簡単なことではなかった。

日和山の下の角を左に曲がり、Sという家の裏手にある平屋ということだったが、行くとそこは近代的なアパートと駐車場になっていた。

今回は二度目の旅だった。酒田駅に着くと市内に宿をとり、そのまま海へ向かった。ゆっくり港を歩く。姉は真冬の嵐の中、この岸壁にいつまでも立ち尽くしていたのだ。そうして恩人に拾われ……、そう思うと目が潤んだ。

今は秋、風は爽やかに吹き抜けてゆく。

港は賑わっていた。

かもめがかまびすしく鳴き、まばゆいほどの日ざしがすべてを金色に塗りこめる。金色に輝く波をかきわけて、どっぷりと船腹を浸した船がものうげに入ってくる。帰港した船は次々と獲物を陸に吐き出す。

船人のかけ声、荷を運ぶ女衆のざわめき、ベルトコンベアの唸り、保冷車のエンジン音、汽笛の雄叫び……それらが渾然となって、いつまでいても飽きることがなかった。

岸壁の上の彼女の長い影が揺れた。

長い髪を風になびかせ、日和山に向かった。

ここからの夕陽はとても見事だ。東屋には先客もなく、見はるかす限りの壮大な夕焼けだった。

あと三十分もすると日没であろう。金色の太陽は今や真紅に変わり、空と海と家と人とを朱に染め上げていた。

老人が一人やってくる。膝が悪いのであろう、杖をつきながらも思うように歩が進まない。思わず手を貸してベンチに誘《いざな》った。

「ありがと、ありがと」と言いながら、まじまじと彼女を見つめた老人は、突然、のどをふりしぼるようにして叫んだ。

「ミホ、ミホでねか」

「はいっ、いいえ、ええっ、どうして？」

彼女は雷に打たれたように言った。まっすぐ老人を見つめた彼女の目から涙があふれ出た。姉が言ったとおりの人が目の前にいた。

「ほーっ、美和さんと言うのかね」

老人は声をつまらせながら、とても信じられないという面持ちだ。

「美穂さんの妹だって！」

「顔立ちや背格好が似てるので、よく間違われますわ」

夕日を浴びながら、老人は美穂が酒田にいた時のことを訥々と話したのである。

息をつき、淋しげに続けた。

「バサマは死んだよ。その後、家を移ったんども、その時、手紙の包みが、どっかにいってしまっての」とぎれとぎれに老人は言った。「美穂さんからの便りが途絶えた時は、淋しかったねえ。私は夕方になるとこうやって、日和山を散歩してるよ」

落日がベンチに座る二人を色濃く染めた。これ以上赤くはなれないというほどの夕焼けも、やがて濃いねずみ色の空にぼかしこまれていった。

翌日は墓参りに行った。市内ではあるが、老人の足を気遣ってタクシーで行った。

墓の前で「お母さん」と言ったきり、美和は声をつまらせた。「姉が……」あとは涙で言葉にならなかった。

「美和さん、今日はありがとよ。婆さまもどれほど喜んでるか」

老人も声をつまらせた。

食事をとったあと、また日和山に行った。

美和は歩きながら「これは」と言って中指の指輪を示した。

「婆さまが美穂さんにあげたもんだの。墓参りの時に気づいたよ」

老人はなつかしげに言う。

「私は海で長いこと働いて、年だから陸《おか》に上がったんども……」息をついて、ゆっくりと芝生に座った。「だども、港にはいろんなことがあるもんだの」

美和は隣に座って聞いた。

「お父さん、子供さんはいないんですか？」

「生まれたことは生まれたんども、皆死んだ。栄養失調での」

口ごもりながら言い、芝生で遊ぶ子供たちを目で追った。

「昔はよくあった。珍しいことではね」

「姉は東京に戻ってから別人のようになりましたわ。何かとても大きなものを学んだような気がする、って。またこうも言ってたわ。ええと、みっちゃん、一日の意味を知ってる？　太陽がどう昇り、どう沈むか、あなたは知ってる？　酒田のお母さんとリヤカーを引きながら」ここで美和は言い足した。「姉はいつもお父さん、お母さんと言ってました」

言葉を続けた。「太陽が昇り、移り、沈む。こうして一日が終わるのだということを私は初めて知った、って」

老人はうなずいた。

「お母さんは、売れ残った小魚をかもめにあげたんですってね。お母さんが姉に小さな包丁を渡して、ほれ、おめもやってみれ、って。十を越すかもめが鳴きながら私の上を飛び、おとなしく欄干に止まって、私の手から魚の切り身をもらっては飛んでった。橋を通る人たちも当たり前のように通り過ぎて行って、真っ赤な夕焼けがお母さんと私とかもめをすっぽりと包んで、何か別世界に身を置いているような不思議な気持ちだったたって」

老人はほほえみながら聞いた。

「おら家《い》は美穂さんが来てから」老人は昔を想い起こすように言った。「明るくなっての。仕事はみんなやってくれるし……。私までだんだん元気になって。たった三か月だったんども、私ら楽しかったよ」

やや間を置いて言った。

「婆さまは死ぬ時、ミホは私らの娘だからの、と言っての」

「姉は私にとって姉以上の人です。その姉をよく……」

美和はハンカチを出して目頭を押さえた。

話は尽きなかった。

老人は美和が出した写真に見入る。

「ほう、美穂さんは今、スウェーデンにいると。これがだんなさんだの」

うれしそうに、しかし老人はため息をついた。

「あんたは？」

「私には婚約者がいます」

「そう、今度は二人で、いやみんなで酒田においで」

老人はうれしそうに告げた。


日和山を下って駅に向かう美和に、晴れ晴れとした声が追った。

「美穂さんに言っとくれぇ」

老人は坂の上で手を振りながら、精一杯の声をふりしぼった。

「もう一人娘ができたってねぇ」

夕陽が没しようとしていた。

残照に浮かぶ老人の姿は、いつまでもおぼろな輝きに包まれていた。

ハーネス物語

横須賀市は海に臨む町で、低い山が海に迫り、海沿いの土地に人が住む。やや段丘となり、その坂の上を上町と言い、海に臨む町を下町と言う。これは日本の海岸沿いの町の風景として一般的なものだが、海岸線が入り組んでいるので船を隠すのに適し、横須賀は軍港として発展した。現在は造船と交易の拠点であり、団地がひしめく町でもある。

だが大津山下には、段丘がなかった。遠浅の海から陸となり、そこに住宅街ができた。最も高みにある家も山裾にぶつかった所で途切れ、ここに我が家、中島家がある。裏は山に続き、そこの柿の木に登ると、海に浮かぶ猿島が眼前に見える。裏山は尾根伝いに連なり、山道をたどって行くと思いもよらない離れた所に出る。遠山《とおやま》といったが、そこは少年時代の遊び場だった。

我が家の裏から山道をたどって行くと大きな沼に出る。二股の山裾をせき止め、人工の沼として雨水を貯め、灌漑に利用したそれは、灌漑用沼地の中でも最大だった。ひょうたん型の沼で深い所は数メートルあった。この沼は戦後の食糧難の時代に我が家に大きく貢献した。母が今日は食べる物がないと私に言う。その時はバケツを二つ持ってこの沼に行った。ざりがにがよく獲れ、それを茹《ゆ》で、塩や醤油を付けて食べ、それがそのまま夕食となった。しっぽだけでなく頭の味噌がとてもうまい。だが母は、そこは食べるなと厳しい口調で言った。後で兄が、そこに寄生虫がいることがあると教えてくれた。

大体、日に三度の食事をとったことはなかった。当然のことながら、食物がない時は食事を抜いた。およそ口に入る物は何でも食べた。私が何か獲って来る度に、母が喜んだのは言うまでもない。私は我が家の食糧獲得係だった。そのため私は頻繁にこの沼に偵察に行った。灌漑で大量に放水し、沼が半分以下の大きさになったことがある。その浅瀬で密集した泥鰌《どじょう》を網で獲った。沙魚《はぜ》や鮒《ふな》、鯉《こい》はよく大人が釣りに来る。だが泥鰌は獲らないので、それは驚くほどに巨大化し、長さ二十五センチに及ぶ化け物のような大物となった。やはりバケツに二杯ほど獲り、井戸端で盥《たらい》に入れて泥を吐かせる。三度も水を換えたのに、盥の底には泥土が煙のようによどんでいた。

母は子供を八人産んでいた。だが二人が戦死、三人は病死していた。病死といっても、率直に言えば栄養失調だった。五人が死に、三人が生き残った。四人は私が生まれる前なので、顔は分からない。私の五つ下に弟がいて、私が背負って子守をした。その弟が死んだ時の母の嘆きはいまだに覚えている。まともな物を食べていないので、母乳が出ない。近所に頼み、わずかな米を手に入れ、それを重湯にし、乳児に飲ませた。だが日々、衰弱し、死んでいった。栄養失調で我が子を死なせる――これは母にとって耐え難いことだったに違いない。これほど激しく母が泣いたのはかつてなかった。だが、集落で子供が死ぬというのは珍しいことではなかった。どこの家でも体力のない子供から死んでいった。多く生まれ、多く死ぬ、そういう時代だった。飢餓から逃れる――これが戦後、各家の生きる目標だった。

この時代、通信簿の健康調査の欄で、栄養は「優・良・可・不可」と記されたが、「優」の者はいなかった。まれに「良」がおり、「可」「不可」が大部分だった。現在の肥満児などというのは一人もいなかった。

小学生時代は黄金時代だった。遊びのない時代、チャンバラが最もはやった。練兵場で集落どうし竹の棒切れで戦う。二十名の選手を出し、勝った方が練兵場の最も良い場所を遊び場にすることが出来た。

一列に並び、相手の大将から剣のチェックを受ける。ほとんど中学生だが、私は小学四年生の時から常に選手に選ばれ、毎回、少なくとも三人は倒した。余りにも強いというので、私の剣の先を十センチほど切られることになった。これには困った。相手は皆、上級生で、体も大きく手も長い。剣を振るっても相手に届かないのだ。そこで竹藪に行き、数本の曲がった竹を切り、物置にしばらく置いた。すると萎びてゆく竹と乾燥して固くなる竹があった。乾燥して硬く強くなった竹を剣にし、闘った。これによって相手の剣を打ち折った。また、相手を打った時、曲がった分だけ伸び、何とか打ち合いをしのぐことが出来たのだ。皆、前後の動きのみで闘っている。相手の剣がスローモーションに見える。私は左右に動いて剣をかわすと、飛び込んで相手を打ち、ほとんど一撃で相手を倒した。打たれたら自分の陣地に戻る決まりになっていた。だが一人、陣地に引き返さない者がいた。中学三年で体も大きい。胸を軽く突き、続いて左足を強く打った。だが、決して自分の負けを認めない。これは傷を残すしかないと思った。そこで顔面を突いた。顔面は突いてはならないルールだった。眼があるからである。勿論、これはフェイントで、のけぞる相手の懐に飛び込み、剣を返してしたたかに横面を打った。彼の左の頬には斜めにみみずばれが走った。「畜生っ」と彼は叫ぶ。彼は仲間に止められ、陣地に戻ったのである。

だがその日の夕方、彼を連れた母親が我が家に乗り込んで来たのだ。すさまじい剣幕でものを言う。何もこれほどの傷を付けることはないだろう、と。

私の母は静かに応対した。一通り話を聞いた後、母は猛然と反論した。「一対一のやりとりで闘った。あなたの子は打たれても負けを認めない。しかもあなたの子は上級生で、体もうちの子より大きい。みっともないと思いませんか」母は強く叱り付け、相手は恐れをなして逃げ帰ったのだ。私の母への尊敬はこれに依る。

私は一切、叱られずに済んだ。他にも私のしたことへの苦情で、我が家にはよく大人が乗り込んで来た。トマト畑の主が乗り込んで来た時は、心底震え上がったものである。仲間を率いて山を下りる時、一人がトマト畑に入り、完熟のそれをむさぼり食ったのだ。仲間が次々とむさぼり食う。とても止めることは出来なかった。私も食べ、こうしてトマトを一《ひと》畑食べ尽くしたのであった。言い訳はきかなかった。これは明らかに盗みだった。

母は何度も頭を下げて謝り、弁償して解決した。だが母は私を叱らなかった！　私は毎日のように喧嘩をし、しかも負けることがなかった。私の体格は普通だが、私より体の大きい者と喧嘩しても速さで倒した。前後左右に動き、相手の隙をついて打った。

四年のクラス替えの後、ライオンという綽名《あだな》が付いた同級生と友達になった。顔と手足だけでなく肩や胸にまで大やけどの痕が残り、特に顔の皮膚は後ろに引っ張られ、さながらライオンのたてがみのようになっていた。そこでライオンという綽名が付いたのだ。彼はこれまでよくいじめられていた。

ある時、校庭で日を浴びていた私は、ライオン君を追って来た生徒と喧嘩になった。

「何もしないのに何でいじめるんだ」

私は立ち上がり、殴り合いになった。悪態をつきながら彼は逃げる。よせばいいのに、私は後を追った。校舎の角を曲がると、何とそこには彼の仲間が二人いた。上級生だった。成り行きで私は三人を相手に殴り合い、みな倒した。

以後、ライオン君へのいじめが止み、同時に伝説が一つ生まれた。下級生が一人で上級生三人を相手にして勝った、と。中島という生徒には手を出すな、と。

休日こそは光り輝く日々だった。朝、家を出て友達と海、山また川に行く。一日駆けずり回って遊び、夕暮れと共に家路を辿ったのだ。

だが喧嘩を面白いと思ったのは小学校までだった。中学に行くと学区も広がり、私よりも強い生徒がいくらもいた。校舎は旧海軍の兵舎で、戦後、学校に転用されたものである。廊下が狭く、ここで小競り合いがよく起こった。

私ともめた者がいて、左フックで殴った。彼は壁まで飛び、反対側の壁に当たった後、倒れた。この時、すごい音がした。遠くで、やってる、やってる、という声がする。私はヒヤリとした。彼らは上級生で、番長グループだったのだ。

ここで目を付けられたに違いない。以後、時々、呼び出されるようになった。クラスからは私と篠原という体の大きい生徒が選ばれた。教室で後ろに座った篠原が私の背中をドンと叩く。胃のあたりがヒヤリとする。呼び出しがかかったのだ。

彼らの命令で強制的に喧嘩をやらされた。勝っても負けても逃れることは出来ない。それはリーグ戦でもなければトーナメントでもなかった。あれとこれを合わせると面白いぞ、と番長が言い、グループがセットした。遊びのない時代、彼らにはこの上なく面白いゲームだったに違いない。昼休み、使われていない兵舎の裏に呼び出される。そこは先生方の盲点になっていて、そこで他のクラスの猛者と頻繁に喧嘩をした。

そのうち、気付いたことがある。勝った者は何らかの闘うワザを持っていた。相撲、柔道の地区チャンピオン、あるいは空手の経験者等である。私は前後左右に動き、相撲や柔道の猛者を倒した。だがこのままではいつかやられると思った。古本屋に行って「護身術」という本を買った。この本を読み、書いてある通りに練習した。今思うと、それは空手とボクシングの中間のような技だった。しかし、これによってかなりしのぐことが出来た。

だが二年の終わりに空手の猛者を相手にしたことがあった。彼は三年生で、番長グループの一人である。これまでに彼の闘いを見たことがあった。私と同様に足を使う。しかも手のひらを開いては相手の打撃を止め、こぶしを握っては打ち込んで来る。私よりはるかに上の腕前で、すぐに負けると直感した。私は相手の打撃をかわし、一歩踏み込んで打ち込んだ。同時に相手の突きを顔面に受けた。私は鼻の両側を打たれ、後ろにのけぞるようにして倒れた。彼の左手を両眼に受けたのだ。手を開き、相手の鼻筋に添って突き出す。貫手《ぬきて》という、眼を一瞬の内につぶす危険な技だった。両眼から血が少し出ている。それを水道で洗い流したが、全く見えない。友達の篠原が付き添って保健室に行き、養護の先生は目薬をさした。眼医者に行った方がいい、と言う。しかしそんな金はない。家に帰ると井戸水でひたすら眼を冷やした。傷は治ったものの、以後、眼がかすむようになった。

三年になってやっとこの喧嘩ファイトから解放された。私のクラスの篠原が番長になったからである。彼は大人をしのぐ体格を持っており、これまで体力で勝ち抜いて来ていた。彼は私をこの訳の分からない喧嘩ファイトから外してくれた。彼は中学一年で大人と一緒に土方をやった。親方が気に入り、大人と同じ手当てを払った。彼はこの稼ぎを家に納《い》れた。よく友達にパンをおごる。親分肌の男で、決して弱い者をいじめず、私の親友となっていった。

中学三年で弱視となり、頭を机にこすりつけるようにして高校入試の問題を解いた。幸いにも合格したが、私の視力は極度に下がり、その後、完全に視力を失った。やはり行くべき時に眼医者に行かなかったからだと思う。

中学の時に働き者の父が脳溢血で死んでいた。父は仕事から帰ると裏山に行き、野菜畑を作って一家の食糧をまかなった。塩辛い物を好み、唐辛子をかじりながら味噌汁を飲んでいたのを思い出す。後に知り合いとなった医者は、この時代、高血圧で死ぬ者が多かったことについて私に語ったことがある。塩辛いものを好む当時の食生活と栄養状況では、止むを得ないことだと。血管が弱く、いつ発作が起こってもおかしくないと。その発作が脳で起こるか心臓で起こるかの違いだと。私の父は脳で発したのだ。痛みも苦しみもなかったであろう、まさに一瞬の死だった。

高校に行った頃から私の反抗が始まった。

「どうして眼医者の所に私を連れていってくれなかったのだ」と。

母は静かに応じた。「生まれながらに眼の見えない者もいる。それに比べれば、お前は運の良い方だ。それまでは全部自分の眼で見えたではないか」

それはそうだった。だが一方的な理由で、私は理不尽と感じた。しかし、私が黄金の少年時代を過ごしたことは事実だった。

私への母のいじめ（？）が始まった。父の死後、母は人が変わったかのようだった。それは壮烈なもので、まさに鬼だった。私が母を叩いたことはない。母は私にとって神聖な、威厳ある存在だった。その母がわずかなミスをとがめ、私を打擲《ちょうちゃく》した。同じミスをおかしても母が兄たちを叩くことはなかった。当然、私は反抗する。すると更に容赦のない打擲が待っていた。これを眼にした隣家の大学生が駆け付け、母を止めたことがある。

「これは虐待だ」と。

だが母は一歩も引かなかった。井戸端に逃げた私の耳に母の興奮した声が切れぎれに聞こえてくる。終わりはかすれて悲鳴のような声になっていた。

「この子は……ない。強く」と言う。「と、この……ゆけない」と。

意味は分からなかった。しかし、母を止めた大学生が何と引き下がったのだ。

父が死んだ時に、長男、次男は高校を中退し、働きに出ていた。私が高校を続けることが出来たのは、兄たちの援助に依る。盲目の私を気づかったのではないか？　あるいはその時、既に私の将来を考えていたのかも知れない。私が高校を卒業した後、兄の口添えで鍼灸院に見習いで入った。修行期間は三年だった。

だがこの頃から母が弱くなっていた。箪笥にあった母の着物は、ことごとく我らの食糧に変わった。母は和裁の腕を生かして看板を出したものの、注文が来なかった。この時代、和服を注文する余裕はどこの家にもなかったのだ。

それまで一家を支えていた気丈な母が、私が見習い三年目に死んだ。

マッサージはことごとく習得した。鍼治療に劇的な効果があることを知った私は、それを習得すべく、もう二年、鍼灸院に置いて欲しいと頼み、許可された。

その後、兄が結婚し、家を継いだ。次男は家を出て下町に住み、やがて家を建て、結婚した。二人の兄は鍼治療を修得した私のために近くに家を借り、道路に面する部屋を診療所に改造してくれた。食事は次男の嫁が届けてくれた。

診療所から道路を二つ越えると公園に出る。その先は横須賀の海で、潮風を嗅ぐことが出来た。

潮風の匂いに、目が見えた少年の頃のことを思い出した。あの頃、海もまた私の食糧獲得の場だった。魚と貝を獲ったが、特に沙魚《はぜ》は無尽蔵にいた。

ゆらゆらと揺れる光は水底まで溢れ、沙魚は澄みきった水底の砂紋の上に点々といた。それらは私の爪先から四十センチほどの所にじっと動かずにいたのだ。砂と同じ色ながら、それらは明確に砂の紋様から生命の形に浮き出ていた。腰までつかり、餌も付けない釣り針を目の前に垂らす。と、それに食らいついて来る。釣り針からはずすと、それらは生き物特有の震え、わななきと共に手の中におさまった。

しばらくすると魚籠《びく》はいっぱいになったが、兄はさすがで私の二倍の沙魚を釣り上げていた。これはそのままその日の我が家の食事となったのだ。光に溢れた少年時代が髣髴《ほうふつ》として浮かんでくる。思えばあれらは金色に輝く私の少年時代だったのだ。

鍼灸院はよくはやった。戦争帰りの復員兵が多い。皆、腰をやられていた。聞くと、元、工兵隊だったという。山砲、機関砲を押し、また山や泥沼を担いで渡ったと。それに年配の女性が多かった。生活で無理をし、それが今、体のあちこちに発したのだ。仕事が終わるとよく散歩に行った。初め兄が案内してくれたが、すぐに覚えて私は一人で散歩に出、ここは私の散歩コースとなっていった。しかし、私の行動半径は海沿いの公園までで、それより外へは出ることが出来ない。仕事はこなしたが、その後には決まって無機質な闇がやってきた。テレビをつけても色を失った世界は孤独感をもたらすだけで、日々、鬱々として過ごす内に、今で言う鬱病、その寸前の状態に陥っていった。兄が心配して盲導犬を飼うことを勧める。手続きは全て兄がやってくれ、私は盲導犬を飼うことにしたのである。

私が二十五歳の時、申し込みから半年ほどたって、やっと横浜にある「盲導犬訓練センター」から連絡が来た。「該当する犬が一頭いるので、マッチングを行いたい」と。

兄が私を車で連れていってくれた。所内は静寂で、犬の吠え声はなかった。兄は私を降ろすと横須賀に帰って行った。ここで盲導犬としばらく共同生活を送り、結果が良好ならば家に連れて帰ることが出来るという。この間、ユーザーである盲人に盲導犬がなじむかどうかを見るのだ。ここで盲導犬の扱い方や飼育について講義を受けた。その後、訓練士長の真田さんが一頭の犬を連れて来た。

一歳十か月、ラブラドールレトリバーの雌で、色は漆黒だという。名前をハーレーと言った。真田さんは説明の後、ハーネスを私の手に握らせた。ハーレーは私の左側にピタリと座り、私の足のにおいを嗅いでいる。頭をなでると、なめらかなビロードの感触が手のひらに伝わってくる。手がヒヤリとする。濡れた鼻の頭に触れたのだ。耳は垂れていた。私は余りの大きさに驚く。ラブラドールレトリバーは中型犬だという。だが、横に座ったハーレーは大型犬だった。真田さんの口からため息が漏れた。外に出てしばらく共に歩く。真田さんのアドバイスに従って、私は「シット」（座れ）、「ダウン」（伏せ）、「カム」（来い）、「ウエイト」（待て）等々の指示を出した。ハーレーは次々とこなしてゆく。真田さんが、「ホーッ」と再びため息をついた。

センターにも慣れ、夜、お茶を飲みに食堂に行ったところ、真田さんがいて話しかけてくる。それはハーレーについてだった。

「いや、驚きました」と言う。「この娘《こ》は独立心が強い。決して人に甘えることがない。果たして中島さんになついてくれるかどうか心配でした」と。

その後、この犬の生い立ちを種々語った。このセンターの中でも優秀な親犬から生まれ、生後二か月で、パピーウォーカーというボランティアの家庭に行った。一歳まで家族全員から愛されて育ったが、いたずらが大好きな大変なやんちゃ娘だったという。主人がバイクのハーレーダビッドソンのファンで、そこからハーレーと名付けられたのだ。一歳を過ぎるとセンターに戻され、訓練に入った。しかし、気が強く、若い訓練士の言うことを聞かない。いつしかダイナマイト娘という渾名《あだな》が付けられたのである。若い訓練士は口々に言った。従順性に欠ける、と。このままでは盲導犬としては失格である。大体、種々のテストをクリアーして、盲導犬になるのは候補犬の三割程度だという。

「そこで私が面倒を見ることになった」真田さんは感慨深そうに続けた。

「何と、私の指示に完璧に従ったのですよ。その後、TP1（タスク・パフォーマンス1）、TP2、TP3と順調に盲導犬としての評価をクリアーしていったのです。この犬は賢いと思う。後はユーザーとのマッチングを残すだけになった」と。「その後、中島さんから申し込みがあったが」しばらく間を置いた。「私はこれを最も恐れた」と真田さんは言った。「それがスムーズに済んだのでただただ驚いている」と。

私は鍼灸院に来た一人の客を想起した。旧陸軍で厩舎《きゅうしゃ》の係をしていた伍長で、よく馬の話を聞かせる。非の打ちどころのないすごい馬が一頭いたと。しかし、人の言うことを聞かず、簡単には人を背に乗せない。ある日、若い中尉が訪れ、彼を背に乗せて馬場を走った。皆、驚嘆したのは言うまでもない。以後、この馬は中尉の乗馬になったのであった。

彼は言った。「名馬は自ら己の主人を決めるのかもしれない」と。

だとすると、今、ハーレーは私を主人として選んだのかもしれなかった。私を選んでくれた――何か不思議な気持ちがした。

ハーレーはもの静かで、吠えることがなかった。

真田さんは噛んで含めるように言い足した。

「盲導犬はスーパードッグではない。世間では、最も優秀な犬が厳しい訓練を経て盲導犬になると信じられているが、それは大変な誤解だと思う。私はシェパードの警察犬の訓練もしたことがあるが、そこでは犬の持つ強さ、獰猛さを引き出し、それを人間のために使うトレーニングを行う。だが、盲導犬はおよそこの反対の基準で選ばれる。攻撃性がなく、最も従順な性格のものを選抜して盲人に尽くすよう任務を与える」と。

共同訓練も終わり、ハーレーは我が家にやって来た。私の行動半径は一挙に広がった。散歩は勿論、バスや電車にも乗れるので時々、遠出をした。これが無上の楽しみとなった。

最近、私の散歩コースの海岸がかなり沖合いまで埋め立てられていた。そこに臨海公園を設け、ビルを建て、新たな町を造るのだという。

冬の朝、遠くまで散歩に出た時のことである。ハーレーが私の足を押す。珍しいことだった。意味が分からない。そのまま前に進んだ私は、凍った水たまりに足を滑らせ、後ろに転倒した。頭を強打し、意識を失ったのだ。気が付くと若い女性が私を助け起こし、しきりに声をかけてくる。徐々に意識が回復してくる。ハーレーが女性の裾を噛み、連れて来たのだという。彼女は子犬を散歩させていた。

彼女は私を気づかって診療所まで送ってくれた。完全に回復した私は、彼女にお茶を出した。私は中島正人と自己紹介し、彼女は真弓と名乗る。彼女からは甘い香りが漂った。互いに動物が好きで、その話に花が咲いた。私は小学校の修学旅行で上野の動物園に行ったことがあり、そこで見たライオンの話をした。

とたんに彼女は口を閉ざした。しばらくして彼女は声をしぼり出すようにして言った。

「私の兄はライオンと呼ばれていました」

私は驚愕し、叫ぶように言った。

「私のクラスでライオン君と呼ばれた友達がいた」

彼は顔と両手、いや上半身を大やけどし、強いひきつりが残った。頭には髪の毛がなく、顔の皮膚は後ろに引っ張られ、さながらライオンのたてがみのようになったのだ。

「兄は乳飲み子の時に、囲炉裏に落ち、上半身に大やけどを負ったのです」

それは、医者から、よく生きた、と言われるほどの大やけどだった。

私は瞬時にその情景が浮かんで来た。冬、彼は籠か笊《ざる》に入れられて囲炉裏のそばに置かれた。だが、子供は動く。そうして囲炉裏に転がり落ちたのだ。誰かが気が付き、助けたはずだった。しかし、それまで彼は火に焼かれた。顔も手足も燃え上がったに違いない。生まれ落ちた子を一人一人大切に面倒を見、育てる——そういう時代ではなかった。

私は小学校時代、唯一の写真、それは私の宝物だったが、それを取り出して彼女に見せた。修学旅行で上野の動物園に行った時に撮ったクラス写真である。

彼女は写真の中に私を見出し、それを確かめるように話した。

「あなたは最前列中央にしゃがんで腕組みをしている。ジャイアンツの野球帽を斜めにかぶっている」

その通りだった。当時の自分は怖いもの知らずの餓鬼大将だったのだ。

「兄はあなたの肩に手をかけて写っている」

突然、彼女は何かに気付いたように小さな叫び声をあげた。

「兄は私に、マー君に守ってもらった、と言ってました」

驚きの余り、声が大きくなった。

「あなたが兄を、守ってくれたんですね……」

私も驚いて聞いた。

「彼は今、どうしてますか」

「中学卒業後、父の左官仕事を手伝っていました。ある日、風邪をひいて高熱が出たんです。何としても熱が下がらないので入院した。けれどわずか三日で息を引きとりました」

彼女の声が震えた。

「兄は私を一番かわいがってくれた……」言葉が途切れたが、涙を拭いたのであろう。

しばらく間を置いて彼女は続けた。

「医者は私にこう言った。皮膚呼吸が出来ない。重篤な状態だ」と。

（皮膚呼吸、皮膚呼吸……やけどのためにそれが出来ない）

大きな悲しみが衝撃となって私を打ちのめした。

――ライオン君は、人に虐《いじ》められるために生まれてきた？

私は胸の奥に傷を負い、言葉もなく、頭を落とした。

膝に乗せた私の震える右手の上に彼女の手が乗せられた。柔らかい、温かい手だった。彼女の手に力がこもった。私の涙がその上に滴り落ちたのだ。


以後、知り合いとなり、夕方、公園のベンチで話をするようになった。

その後もよく彼女と会い、彼女のわずかな動作から、独特の雰囲気まで分かるようになっていった。彼女は薄甘い香りをもたらし、それは私にとって心楽しいひと時だった。彼女には何でも話せるように思い、その内、母のいじめを話すまでになった。

肩に彼女の髪が触れた。彼女が首をかしげたのだ。

「お母さんがそれまであなたを叩いたことはあった？」

「それは……」私はうろたえ、口ごもった。「なかったと思う」

多くの大人が我が家に乗り込んで来た。母親が多かったが、口々に私への苦情を言った。それらを皆、母が捌いたのだ。相手が帰った後、私が叱られたことは一度もなかった。勿論、叩かれたことも。しかし、私が高校の時、母からひどい打擲を受け、隣家の大学生が止めに入ったことは事実だった。

「これは虐待だ」と。

私は井戸の所まで逃げ、その後の成り行きをはらはらしながら聞いたのだ。初めは二人の争う声が合わさって聞こえてきて、よく分からなかった。やがておさまったものの、切れぎれに聞こえてきた母の悲鳴に近いかすれ声は、この時、胸の奥深くに刻まれていた。

「この子は……ない。強く」と言う。「……と、この……ゆけない」と。

何と大学生が母に説得され、引き下がったのだ！

黙って聞いていた真弓がしみじみと言った。

「私がおかあさんなら、あなたが一番心配だ」

この時、今まで心中深く蟠《わだかま》っていた黒雲のような思いに、一瞬の光明が射し、それは稲妻のように雷鳴と共に黒雲を打ち砕き、速やかに溶かしていった。今まで淀んでいた意味不明の文章が、明瞭な意味合いを持って脳裏に立ち現れたのだ。

(この子は、眼が、見えない。強く、育てないと、この先、生きて、ゆけない)

おふくろはこう言ったのだ。紛れもない、それは強く言う時の、母の一言ずつ区切って言う言い方だった。これを繰り返し言い、最後は大学生が説得され、引き下がったのだ。私を叩いた後、母は陰で泣いていたのではなかったか？　失明した時、私は不安と絶望感にさいなまれて日々を過ごした。そのうち、自分をいじめる母への憎しみと反抗心がそれに取って代わった。そうして何とかこの時期を過ごしたのだ。いや乗り越えたのだ。二人の兄は高校を中退して働きに出ていた。私は盲目にもかかわらず高校に入学し、勉強を許された。初め、兄との比較から来るいじめではないかと思った。だが全く違っていた。私はよく沼や海からバケツに一杯の獲物を獲って来た。母親は満面のほほ笑みでそれを受け取った。思えばその都度、私は母の懐深く抱きしめられていたのだ。母は八人の子を産んだ。母にはそれだけの、人間としての実績があった。生き残ったのはわずか三人だったけれども、それは止むを得ないことだった。当時はどこの家でもこういう状況だったのだ。私の失明後、二人の兄は絶えず私を励ましてくれた。これは……母の言い付け、いや遺言だったに違いない。だが自分はあの時、母から捨てられた、と思ったのだ。そうではなかった。知らなかった。全く分からなかった。私が愚かだった……。

私は突っ伏して両手で顔を覆った。見るみるうちに膝が涙で濡れてゆく。泣き声は唸り声になった。背中を真弓が撫でさする。顔からこぼれる涙をハーレーが嘗め上げた。

鍼灸院の仕事は順調だった。評判が口コミで広がり、途切れることなく患者が来た。治療中の患者の話題は豊富で、とてもためになる。それらはそれぞれが懸命に生きて来たことの証《あかし》であり、教訓を含んでいた。猛烈に本を読みたいと思う。小学生の時に貸本屋からかなりの冊数で本を借りて読んでいた。患者の一人が、市の図書館でボランティアが本の朗読と読み聞かせをやっていると教えてくれた。やや距離はあったものの、ハーレーがいた。早速、行く。何と真弓がボランティアの一人だった。以後、図書館を定期的に訪れるようになった。それと共に語彙も増し、患者への受け答えが滑らかになっていったように思う。ひょっとすると深さも増したかもしれない。公園と図書館での出会いは我らに新たな交際をもたらした。結婚することになったのだ。

私が二十六、真弓は二十二歳だった。真弓を二人の兄に紹介する。兄は誰よりも喜び、代わるがわる真弓に話しかける。

「ようちの正人を好きになってくれた」と。「これで肩の荷が下りた。後は真弓さんにお任せする」こう言い、真弓に深々と何度も頭を下げる様子だった。

結婚式には真田さんも出席してくれた。真田さんは私がハーレーを引き取った後も、時々、我が家に来て様子をみてくれる。ユーザーの家に行き、状況を確認する。フォローアップだという。以来、真田さんとは親友のようになっていった。

「犬は賢い」これが彼の口癖で、その都度、大きな体を揺すった。

外出時、ハーネスを持つ私とハーレー、そのかたわらには時に妻の真弓がいた。公園で同級生の篠原と出会った。今、この海岸線拡張工事の現場主任として働いていた。百人の部下を率いているという。海岸線は沖合いに遠ざかり、近くの山が崩されて埋立用の土とされた。もう昔、遊んだ山々、田や沼の姿はなく、平らにならされたそこには、次々と団地が造成されて行く。真弓が時々、横須賀の変貌ぶりを私に告げた。

妊娠した妻が一足先に帰ると、篠原がベンチにドッカと座った。

「あの人は?」と聞く。

「嫁さんだ」と答えると、篠原は唸るように言った。

「すげえ美人をもらったな」

真弓の顔を手で触れた時、その整った顔だちと長い睫毛を掌《てのひら》に感じていた。だがこういう言われ方をするとは!

「篠原くんは?」と返した。

「ああ、俺は今、五人の子供の親父だ」と言い、ハッハッハと高笑いしたのである。

思えばハーレーが妻と私の仲立ちをしてくれたのだ。幸いにもハーレーは真弓とも相性が良かった。真弓は無事、女児を出産した。よく目が見えるようにと願い、「瞳」と名付けた。瞳はタオルケットにくるまれ、ハーレーの体をクッションにして眠るのを常とした。

テレビは夕食後、真弓と共に見る。耳だけで分からない所は真弓が補ってくれる。想像力でそれを補い、かつて自分の見た光景に重ねてゆく。失明して全て色を失ったと思っていた。そうではなかった。真弓の言葉によって再現されたそれらは、美しい色彩を帯び、なぜか分からぬものの、光に溢れ、光り輝く世界となった。それらは現実を超え、新たな風景となって心中に、また脳中に広がっていったのだ。


ある日のテレビでニューヨークの警察犬が登場したことがある。事件が起こり、近くをパトロールしていた若い警察官が現場に急行した。彼はシェパードの警察犬を連れていた。ギャングは飛びかかるシェパードを撃った。シェパードは倒れ、ギャングは続いて警察官に銃を乱射する。何とシェパードは自分の体で倒れた主人を覆ったのだ。何発もの銃弾がシェパードの体に撃ち込まれ、この警察犬は死んだ。だが主人は重傷ながら、命を取り止めることが出来た。病院に収容されたこの警察官は一年後、職場に復帰することが出来たのである。だが仕事にならない。椅子に座り、机に飾った自分と警察犬の写真を見ては、一日中、涙を流している。心配した同僚が集まり、それぞれ意見を述べ、その内、あるアイデアに落ち着いたのである。仲間が警察犬センターに行き、若いシェパードを貰って来て、それをこの傷心の警察官にプレゼントしたのだ。何と彼は劇的に立ち直った。今、彼は、その若いシェパードと共に下町をパトロールしているという。

私は涙が止まらなかった。

朝、起きると体に毛布がかけられている。ソファにハーレーを抱いたまま眠り、そのまま朝を迎えたのだ。昨晩、頬にザラッと来た感触は、ハーレーが私の涙を嘗め取ったのだ。

我が家を訪れた真田さんにこの話をした。

彼は、うんうん、と相槌を打ちながら聞く。

「犬は賢い。忠誠心が強く、主人のためには己の命を捧げることもある。主人が息を引き取った直後に、死んだ犬もいる」と。また、こうも言った。「人類が発生してから最初のパートナーとなったのは、実に犬だった。人類はどれほど犬に助けられたか分からない」重々しい口調で私に告げた。

「人間は犬についてどれほどのことを知っているというのか。我らが知っているのは、犬の十分の一、いや、百分の一程度ではなかろうか？」

久しぶりに会った真田さんは饒舌に語った。

「人間は、吠えない雄犬と吠えない雌犬をかけ合わせて更に吠えない犬を作った。しかし、吠えるのは犬の天性だと思う。犬の持つ特性、それが余りにも優れているために、それを人間のために使ってきた。桁外れの忠誠心や従順性がそれだ。しかし、人間に都合の良い犬を生み出してきたのは、果たして正しいことかどうか疑問に思う」

こうして幸せな時が十年余も続いた。最近、ハーレーの動きが鈍り、よく眠るようになった。ハーレーの年は十二歳と十か月になっていた。

電話で真田さんに告げると、彼は懇々と私に言う。

「犬の年は、一年が人間の七年に当たる。だからハーレーは、人間で言えば九十歳を超えている。この犬は強い。よくここまで生きたと思う」

私の不安を感じ取ったのであろう、真田さんは付け加えた。

「ハーレーからハーネスをはずす日が来たのではないか。犬の最期を看取ってくれるボランティアがいて、そこで引き取ってくれる。知っている人なので電話で頼んでみましょう。中島さんには新しい盲導犬をお世話します。その時はしばらく待ってもらいますが」

すぐに真田さんから電話が来た。ハーレーを引き取ってくれるという。その家は埼玉の所沢市にあり、妻が東京に行った際、下見をしてくれた。

そこは新興住宅街で、家の前に学校があり、周囲に田園風景が広がっていた、と。その家には広い庭があり、他にも犬を飼っていた、と。

七歳になる娘の瞳を説得するのが容易でなかった。いきなり泣き出したのだ。瞳は生まれてからハーレーが子守の役を果たしたのだ。妻が強い口調で娘に言い聞かせる。その方がハーレーにとって幸せなのだ、と。いつでも好きな時に会いに行ける、と。真弓の説得する様子は、気丈な母を私に想起させた。

娘も最後は分かってくれたので、車に瞳とハーレーを乗せ、妻が運転して所沢市に向かった。その家は村上さんといい、学校のグランドのわきにあった。グランドは鉄線の柵で仕切られている。私は車を止めてもらった。ハーレーにハーネスを付け、グランドに添って共にゆっくりと歩く。最後の散歩だった。

車は先回りして我らを村上家の門口で待つ。ハーレーは弱い足取りだったが、無事、村上さんの家に着いた。主人は七十年配の穏やかな口調の人だった。また、瞳に泣かれ、私は涙と共にハーレーからハーネスをはずしたのである。村上さんの家を出た後、私は何かの声を聞いたように思った。私は車から降り、しばらく歩いた。今までのハーレーとの生活が浮かんで来る。私はハーレーと黄金の時を過ごしたのだ。目頭が熱い。足は前に進まず、まるで金縛りにあったようだった。私はグランドの柵の鉄線にしがみ付き、しばらく涙を流したのである。

横須賀に帰って五日後、村上さんから、ハーレーがいなくなったという電話が来た。「ドアに頭をしきりにこすり付ける。外に出たいのでは、と妻が言うのでドアを開けた。ところが外に出てそのまま姿を消し、今日で二日たつ」と。

私は慌てた。すぐに真田さんに電話する。奥さんが電話に出て、おろおろと話す。何と、真田さんは暴力事件を起こし、今、警察で取り調べ中だという。

私は仰天した。途方に暮れた。真弓がしばらく様子を見たら、と言う。

四日後、雨降りの昼、いや、それは豪雨の日だった。我が家のドアに物音がする。開けると声も立てず生き物が私に飛びかかる。ハーレーだった。全身どろどろになっている。所沢から百キロ以上はあるのではないか、その道のりをよろよろと歩いてやっと我が家に辿り着いたのだ。声を上げて私は泣いた。ハーレーを抱き締めながら、胸中に何かひらめくものを感じた。それは天啓だった。

——二度とこの犬を離すな！

ハーレーは私が村上さんの家を出る時、盛んに尾を振って私の体に打ち付けた。あれはハーレーが示した精一杯の抗議ではなかったか？　あの時、ハーレーは私から捨てられた、と思ったのだ。私は胸がつまった。犬も人間と同じ感情を持っていたのだ。

妻が私の背を強く打った。盥《たらい》に湯を張ったという。二人がかりでハーレーを湯に入れ、こする。手のひらにハーレーのあばら骨が触れた。それは痛々しいほどに浮き出ていた。私がハーレーの全身を拭く内に妻は手早くミルクを温める。アルマイトの皿のそれを、ハーレーはあえぎつつ飲むとぐったりと崩れ落ちた。毛布にくるみ、部屋の隅の、ハーレーのいつもの場所に運んだ。瞳が学校から帰って来た。叫び声をあげてハーレーに抱きつく。

妻が瞳を引き離し、ハーレーはそのまま昏々と眠りにおちたのである。

一週間後、ハーレーは何とか起き上がるまでになった。真田さんは職場に復帰し、私の家を訪れて不在を詫びた。床を打つ音から、杖をついているのだろう彼は、椅子に座った後、居酒屋でのトラブルについてぽつぽつと話した。

それを辿ると大体、こういうことだった。

居酒屋で飲んでいる時に、隣の席に五人の若者が座った。彼らの話題は上司の悪口だった。それが高じ、「犬」という言葉で彼を罵倒する。「犬」「犬のような奴」「犬畜生」と大声で怒鳴るように言う。「犬」という言葉が出る度に彼らは盛り上がり、酒を飲んでは大笑いしたのである。

堪えかねた真田さんが、「そういう言い方はやめてくれ」と口をはさんだのだ。

「何だお前は？」と言う。

「盲導犬の訓練士だ」と答える。

「何だ、犬に食わせて貰っているのか」

一人が間髪を入れずに言い、仲間が爆笑した。まさに売り言葉だった。

ここで真田さんは切れた。揉み合いとなり、店の外に出て殴り合いとなったのだ。真田さんは柔道の経験がある。次々と投げ飛ばす。だが、相手は五人もいた。真田さんはしたたかに殴られ、しばらく動けないほどの打撲傷を負った。

警察に呼び出され、全員、取り調べとなったが、署内で真田さんを知る者がいた。真田さんは警察犬の訓練にも携わったことがあったからである。喧嘩とは言え、相手は若者五人である。彼らは真田さんと止めに入った居酒屋の主人を殴り付けていた。

情状は真田さんに味方した。五人の若者を雇っている会社の社長が詫びに入り、示談とした。真田さんは無罪となって釈放されたのである。

私は真田さんにハーレーの帰還について告げた。

「犬は賢い。主人を忘れずに、四千キロの道を辿って主人の元に帰って来た例がアメリカで報告されている。どうしてそれほどの距離を辿ることが出来たのか、どうやって主人を感知したのか、それは全く分かっていない。また、犬は時に不思議なまでの予知能力を示すことがある。犬は人智を超えた能力を持つ生き物だと常々私は思っている」

言葉を失って沈黙した私に、真田さんは忠告するように続けた。

「今、ハーレーは帰ってきた。ハーレーはあなたの腕に抱かれて死にたいのではないか」

あの天啓は正しかったのだ。

（二度とこの犬を離してはならない！）と。

真田さんは感慨深げに付け加えた。

「この犬は途方もなく利口な犬なのかも知れない。未だに分からないところがある。独立心が強く、とんでもない頑固なところと天性の素直さが同居している。それは私の理解を超えている。不思議な犬だと思う」

私も同感だった。ハーレーは並はずれた慎重さを見せるかと思うと、時に独自の判断を示した。それはまるで人間のように意志を持つかのようだった。いや、人間以上の……。

幸いにもハーレーは順調に回復し、週に一度は散歩に出られるまでになった。

海岸線の埋め立てはほぼ終わり、幅広の国道が新たに海沿いに造られた。だがこの直線道路は、夜になると暴走族の絶好のサーキットとなったのである。段差が無い歩道から車高短《しゃこたん》の車を乗り入れ、ドリフトというジグザグ運転をハイスピードで行い、互いに腕を競い合う。バイクはもっとすさまじかった。轟音と共に歩道に突入し、三メートルの高さはあるコンクリートの湾曲した護岸を斜めに駆け上がり、弾みをつけて歩道に駆け下り、車道に飛び出した。余りのことに、夜は警察のパトロールが行われるようになったのである。

この日は近来にない快晴の日だった。家にいるのは勿体ない、と客が言う。私は仕事を早目に切り上げ、ハーレーを連れて散歩に出た。そのとおり、暑くも寒くもない、気持ちの良い日だった。風が心地よく吹き過ぎる。国道を渡って海に出る。高々としたコンクリートの塀は護岸工事が終わったことを意味していた。この塀の向こうには広大な海が開け、その海面は驚くほどの光を宿し、また、反射しているはずだった。

岸壁に寄せる、規則正しい波の音を聞いた。思う存分、潮の香りを嗅いだ後、帰路につく。ゆったりと歩き、歩道の縁で青信号に変わるのを待った。と、ハーレーがしきりに私の足を押す。よく分からない。私は既に立ち止まっているではないか？　前を行く車の音もいつもどおりで、それらは暴走車のそれではなかった。

私はハーレーの首をなで、言い聞かせた。（ＯＫ、ＯＫ）と。

次の瞬間、ハーレーはハーネスを振り切り、体当たりで私を倒した。同時に、縁石を越えた乗用車がハーレーを轢き、車の前輪が倒れた私の右足を轢いた。

「ギャンッ！」

ハーレーが発した最期の叫びだった。ハーレーは即死し、私は右足首を骨折した。

運転手は酒を飲んでおり、そのままのスピードで歩道に乗り上げ、我らを轢いたのだ。ハーレーがいなければ私は轢き殺されたはずだった。

早速、真田さんが見舞いに来てくれた。

「犬は賢い。主人のためなら」真田さんが鼻をすすりながら言葉を切り、ハンカチを私に手渡しつつ言った。「身を捨てる」と。

私は打ちひしがれ、言葉もなく、そのハンカチで泣きはらした顔を覆った。

様々な思いが浮かび、回転する。真田さんがかつて言った言葉が脳裏に谺した。

(犬は時に人智を超えた予知能力を示すことがある)と。

(ひょっとするとハーレーは、この事が起こるのを知っていたのではなかったか?)

それは想像を絶していた。

(それを私に知らせるために、埼玉から這うようにして、最後の力を振り絞って我が家に戻って来たのではなかったか……)

この間、どこで寝たのだろう? 何を食べたのだろう? よろよろと歩くハーレー、泥水をすすっているハーレーの姿が浮かんできた。

ハーレーは決して吠えなかった。

ハーレーを得た後、私の生活は一変した。ハーレーは盲導犬として私の所に来た。しかし、私がハーレーを飼い、使ったのではない。私はハーレーに守られ、リードされて日々を過ごしたのだ。いわばハーレーは私の保護者であり、指導者だった。ハーレーのお蔭で妻を持ち、子が出来た。ハーレーによって私は第二の、人生の黄金の時代を持つことが出来たのだ。ハーレーが動物以上の存在に思えてきた。あのハーレーの沈黙は、古代ローマの賢人、哲学者のそれに通じていた。ハーレーのみならず、そもそも犬は、もっと高貴な生き物ではなかったか？

時々、右足の骨折した箇所から激痛が襲う。痛みは右足首から頭頂にかけて鋭く走った。

夜、眠ることが出来ない。寝返りを打つことが出来ない。医者は痛み止めの薬をくれた。

今、骨が治ろうとしている、この時に痛みが出る、痛みがあるのは良いことだ、と彼は言った。昼は妻が毎日訪れるので気が紛れる。真田さんも来てくれる。だが夜、寝る時はとても一錠では足りない。医者はその時は二錠飲むようにと言い、眠剤も処方してくれた。痛みは和らぐものの、意識がかすむことがあった。やっと眠りに入っても、あれこれと妄想が浮かび、朝の目覚めは悪かった。

そのうち、鍼を打てば良い、と気付いた。鍼を取り寄せ、ギプスをはずした時に患部周辺に打った。痛みが和らぎ、この日は珍しく熟睡することが出来た。院長も興味を示し、脱着自由のギプスに換えてくれた。それ以来、鍼を打っては眠りにつき、やっと普通に眠れるようになったのだ。夢も見たが、それは妄想ではなかった。種々の風景が心中に去来する。ハーレーだった。

様々な光景が浮かんで来る。と、それらがかき消すように消え、忽然として一つのシーンに収斂した。大映しに浮かぶそれは、全てが鮮明に眼に映る。庭先には黒い大きな犬が寝そべっている。ハーレーだった。何とそこは実家の庭だった。ハーレーは仔犬を生んだばかりで、真昼の日射しの中に横たわり、仔犬に乳をやっている。仔犬はみなハーレーに似て、黒曜石のきらめきを放っていた。ハーレーが時々、仔犬を嘗める。音はないものの、それはのどかで眩しいほどに光が溢れていた。

私は縁の下の薄縁《うすべり》に座り、ハーレーの頭を撫でていた。縁側では母が父に茶を注いでいる。その笑顔はこの上なく優しかった。二人の兄は縁側から足を垂らし、私とハーレーを見下ろし、指をさしては笑っている。仔犬がハーレーの乳首に吸い付き、懸命に乳を吸っている。十分に乳を吸った仔犬は丸々とした黒いビロードの毛玉だった。思わず仔犬を撫でる。ハーレーはゆったりとそれを目で追う。何か懐かしい匂いがする。それは幼時、私に刷り込まれたもの、真弓が妊娠した時に体から発したもの、また、瞳をあやしている時に嗅いだものだった。そう、それは乳の匂い、母の匂いだった。

ハーレーの目が私に向けられた。初めて見る目だった。驚くほどに大きいアーモンド形の目は、強い光を発して私を直視し、私を射抜いた。ハーレーが私の手を嘗め、一転して仰ぎ見る。深い緑色を湛えたその目は、徐々に光を和らげ、潤んでゆき、静かに、しかし、何かを私に訴えていた。

（あなたが　モウモク　だったから　わたしは　あなたに　アエタ　……）

無名戦士の墓に

涙にうずもれた笑顔が大きく近づいてくる。彼女は静かに手をさしのべ彼を抱擁した。もう何の言葉もいらなかった。

若者は彼女に支えられ、彼女は彼を気づかいつつ、いくつかの原と湖を越え、やっとたどりついた二人だけの花園だった。若者は怪我をしていた。

若者の思わずつんだ草花が、彼女の髪を飾る王冠だった。日は暖かく小鳥のさえずりが遠い。夏から秋に入ろうとするこの季節は、暑くも寒くもなく、緑のしとねと枯れ草が半ばしており、そこには天然の香気が漂った。

今、夢にまで見た恋人が、頬をそめて目の前に横たわる。彼女の甘やかな唇は、長い年月、ただただ若者の唇を待っていたのだ。若者の額のうっすらとした汗も、思わずにじむ涙も、愛の言葉と化すはずの唾液も、彼女のひたひたと寄せる口づけですべて吸い取られてゆくのだった。

どうして彼女は薄物しか身にまとっていないのであろう？　どうして彼女の髪はこれほどに一筋一筋光るのであろう？　何と甘美な体であろう！　何と温かく包んでくれる心であろう！

彼女の全身からは、ほのぼのと青春特有の香りがたちのぼり、若者は胸をあえがせてその香りを吸い、酔った。若者は彼女の体のすべてを知りたいと欲した。また、そう行為した。彼女は、彼のすべての行為を受け入れ、それに応えた。彼女の温かくやわらかいすべての山と、しっとりとうるおいのあるすべての谷を、若者は初めて見、触れ、我がものとした。

ああ、恋人の髪は枯れ草の匂いがする！

どれほどの喜びが得られるか、それまでは夢と想像の中にのみあったものが、今、現実のものとなり、若者の全知覚を刺激し、全器官を駆りたてて、この世ならぬ快楽の時に包まれてゆくのだった。

喜びは波のように押し寄せ、退《ひ》いてはまたさらに一層高まって打ち寄せてくる。悲しく切ない生命のひらめきがほとばしる。

若者は彼女にいだかれ、まどろんでは休み、目覚めては行為した。彼女はその都度、若者の痛みをいやし、体を力づけ、新しい息吹きを吹きこんだ。彼女はこのいっときに、彼女のすべてを若者に知らしめようとするかのようだった。

若者は光と輝きを見た。

若者はあまりにも多くを消耗した。若者は自分の体がもっと強いことを願った。が、徐々に衰え、萎《な》えていった。

若者は何のために戦ったのだろう……？　祖国のために？　隣人のために？　父母のために？　幼い弟妹のために？　恋人のために？　若者は逃げなかった。踏みとどまった。闘った。そして傷ついた。

泥沼を脱し、林中に倒れこんだ。そこまでだった。間断なく押し寄せる苦痛の前に、若者はなすすべもなくもがき、のたうち、呻いた。若者は血まみれの泥人形だった。生命を失うという根源的な恐れが、彼の心臓を突き抜き、彼を震えあがらせ、彼の本能を痛めつけた。いろいろな記憶の断片が、彼のちぎれた迷彩服のように切れぎれにちらつく。気が狂うほどの苦痛とおびえが、やがて彼を泥色の絶望のかたまりに化していった。

彼は孤独だった。何も知らなかった。ただおびえて震えていた。あまりにも多くの出血が彼の力を奪った。

こうして長い苦痛と悪寒のあとに、この上ない静けさと安らぎが、霧かかすみのように若者の爪先から這いのぼってきた。

白いベールがやさしく彼を覆う。輝くような女性の顔が、しだいに見覚えのある顔になってゆき、酷似し、最後はまったく恋人になりきった。

若者は夢かと思った。故郷の恋人がどうして目の前にいるのか分からなかった。

――そうだ！　愛はすべてを可能にするのだ。

若者は至福の時をもった。

若者の心は限りなくやさしくなってゆく。が、
力は徐々に弱まり、息も少なく、体は夕闇の中に
冷たくなっていった。
若者はこと切れた。

次の瞬間——
彼女の背には巨大な翼が生じ、轟々たる羽ばた
きとともに、若者をシッカとかき抱いた彼女は、
すべての涙を振りきって、はるかなる天の高みに
若者を連れ去った。

無名戦士の墓に

著者プロフィール

小笠原 新 （おがさわら しん）

本名　小笠原敏夫、神奈川県横須賀市に生まれる。

早稲田大学教育学部入学。卒業後、山形県酒田市に高校国語教師として赴任。定年を迎え、退職。

「文学」では、「荘内文学」「文藝酒田」「北地」（現在、いずれも廃刊）に詩、小説、翻訳、海外旅行の紀行文等を執筆。

短編小説集『エアーズ・ロック』を刊行。日本図書館協会の推薦図書に選ばれる。後に『エアーズロック』と改題、日本文学館より再版された。

この後、長編歴史小説『シーギリヤの雨』（文芸社）を発表、日本図書流通センターより優秀図書に選定される。また、「直木賞」候補作として推薦される。近年、「高山樗牛賞」を受賞した。

ハーネス物語

2018年 9 月15日　初版第 1 刷発行

著　者　小笠原 新
発行者　瓜谷 綱延
発行所　株式会社文芸社
〒160-0022　東京都新宿区新宿1－10－1
電話　03-5369-3060（代表）
03-5369-2299（販売）

印刷所　株式会社暁印刷

ISBN978-4-286-19774-6

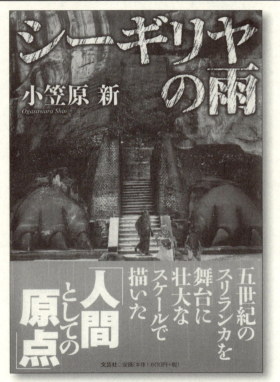